M.H. Müller

Einhundert

Ein MM-Krimi

Zum Inhalt:

Die Hauptakteure aus „Mord in Orb" sind auch in diesem Krimi wieder aktiv. Durch eine alkoholselige Wette kommt Hauptkommissar Hans Kalbfleisch aus Gelnhausen einem Serienmörder auf die Spur. Allerdings kann bei keiner der fraglichen Leichen eine unnatürliche Todesursache festgestellt werden. Nur eine bei allen übereinstimmende skurrile Körperhaltung, sozusagen ein Einfrieren mitten in der Bewegung, lässt auf Mord schließen. Dank der inzwischen in Pension befindlichen ehemaligen Hauptkommissarin Maria Gerstenkorn und dem ehem. Gerichtsmediziner Dr. Emilio Schlotterbeck kommt Hauptkommissar Kalbfleisch langsam der Todesursache näher. Aber wer ist der Täter? Eine mühsame Suche beginnt. Und immer wieder finden sich irgendwo in Deutschland neue Leichen ein, die plötzlich beim Eintritt des Todes erstarrt sind. Es ist eine mühselige Puzzlearbeit, bevor sich endlich die Lösung abzeichnet.

Die Autorin Medy Müller schreibt unter dem Pseudonym „M.H.Müller" seit über sechs Jahren Kurzgeschichten und Kriminalromane. Sie wurde 1949 in Dreieichenhain geboren, zog nach 30 Jahren mit ihrer Familie nach Norddeutschland. 2012 kehrte sie nach Hessen zurück und begann mit dem Schreiben. Bis jetzt sind folgende Romane von ihr veröffentlicht worden:

Mord in Orb
Schattenjäger
Rosen überm Grab, ISBN 978-3-7460-6597-7

M.H. Müller

Einhundert

100

Kriminalroman

Bibliografische Information der Deutschen Nationalbibliothek: Die Deutsche Nationalbibliothek verzeichnet diese
Publikation in der Deutschen Nationalbibliografie; detail-
lierte bibliografische Daten sind im Internet über
dnb.dnb.de abrufbar.

1. Auflage 2018
Text und Umschlaggestaltung: M.H. Müller
Satz: Helmut Müller

Herstellung und Verlag:
BoD – Books on Demand, Norderstedt

ISBN: 978-3-752-82058-4

Die Handlungen in diesem Buch sind frei erfunden. Die handelnden Personen sind absolut fiktiv. Ähnlichkeiten mit noch lebenden oder verstorbenen Personen sind rein zufällig und nicht beabsichtigt. Medizinische und chemische Experimente sind Fantasieprodukte und nicht real.

Beteiligte Personen, u.a.

Emilio Schlotterbeck	Gerichtsmediziner a.D.
Maria Gerstenkorn	Kriminal-Hauptkommissarin a.D.
Hans Kalbfleisch	Kriminal-Hauptkommissar Dienststellenleiter Gelnhausen
Franziska Bommerl	Kommissarin
Dr. Julia Schopps	Gerichtsmedizinerin
Dr. Roland Rotfuchs	Chef der Spurensicherung
Dr. Peter Heinemann	Oberstaatsanwalt
Vincent Magenius	Hauptkommissar beim LKA

OS = Abkürzung für Oberstaatsanwalt
HK = Abkürzung für Hauptkommissar

Teilnehmer des Seminars in Hannover:

Kriminal-   **Dienststelle in (Ort):**
(Haupt)kommissar

Kriminal-(Haupt)kommissar	Dienststelle in (Ort):
Altenberg	Frankfurt/Oder
Baumann	Münster
Bindermann	Köln
Hansen	Hamburg
Hoffmann	Frankfurt a. Main
Jensen	Bremen
Kalbfleisch	Gelnhausen
Kostakov	Berlin
Morgenthal	Leipzig
Müller	Freiburg
Nieswitz	Karlsruhe
Ratemal	München
Sachs	Gotha
Sander	Konstanz
Schönfeld	Heidelberg
Seilgarten	Dresden
Winterborn	Hannover

Kapitel 1

Langsam und behutsam schloss er die Autotür, drehte sich um und schaute auf das kleine Städtchen, das zu Füßen des Hügels lag. Ruhig und friedlich sah es aus. Genau das Richtige für ihn. Von hier oben hatte man eine wunderbare Sicht, auch weiter ins Land hinein. Die große Stadt konnte man schon rechts davon liegen sehen, es war nicht wirklich weit, gerade mal 15 Minuten mit dem Auto bis ins Zentrum. Trotzdem bot dieser kleine Ort eine ländliche Idylle, wie er sie sich schon immer ersehnt hatte. Mit kleinen Geschäften, es gab hier einen Bäcker, einen Metzger, ein Dorfladen, sogar ein kleines Lokal, das eine gute Küche bot. Außerdem hatte dieser Ort noch einen großen Vorteil: er lag nicht weit von seiner Arbeitsstätte entfernt. Einen kleinen Nachteil allerdings hatte er gerne in Kauf genommen: Anonymität gab es hier nicht. Jeder kannte jeden. Da er jedoch ziemlich unauffällig und normal aussah, also normal groß, normales ausdrucksloses Gesicht, normales dunkelbraunes, schon ins Grau gehendes Haar, keine besonderen Merkmale, er trug immer normale graue Anzüge, also da würde er bestimmt niemandem auffallen. Diese Erfahrung hatte er in seinem Leben schon oft gemacht. Hätte ihn jemand beschreiben sollen, wäre ein 08/15 Mensch dabei herausgekommen, nicht Frau, nicht Mann, nicht groß, nicht klein, keiner hätte ihn richtig beschreiben können. Genau darauf baute er bei seinen Plänen für die Zukunft.

Als er den Schlüssel im Schloss umdrehte, wusste er, endlich war er frei. Das hier war sein neues Zuhause. Hier würde er walten und schalten können, wie er wollte, ohne gestört zu werden. Das kleine Einfamilienhaus war ideal für ihn. Drei Zimmer, Küche und Bad, ein großer Keller, ein großer Dachboden. Die Umzugskartons waren alle bereits ausgepackt, alles in die neuen Möbel eingeräumt. Nichts erinnerte mehr an seine Vergangenheit.

Er gestattete sich kurz den Luxus, das Bild seiner Mutter auferstehen zu lassen. Verbittert und hart, gegen sich selbst und vor allem gegen ihn. ‚Du tust, was ich dir sage, hier wird nicht gespielt, vor allem nicht mit Regenwürmern! Wenn du zu viel Zeit hast, dann putz gefälligst dein Zimmer. Zieh gefälligst was Ordentliches an! Heul nicht so, die Haare sind nicht zu lang! Wenn die Kinder in deiner Schule dich foppen und einer schlägt dich, dann schlag gefälligst zurück!' Danach hatte sie ihm oft genug demonstriert, wie man das machte. Er konnte immer noch die Schläge spüren. Seine Kindheit und Jugend waren von physischer und psychischer Gewalt geprägt. Aber das war jetzt vorbei. Er hatte alles hinter sich gelassen, schon vor langer Zeit. Seine Geburtsstadt an der Grenze zu Polen, seine Mutter, dieses armselige Haus. All das gab es für ihn nicht mehr. Er hatte gelernt, wie man sich in der Gesellschaft benahm, wie man nicht auffiel, hatte seine Aussprache optimiert − seine Mutter hatte nie hochdeutsch gesprochen. Er hatte den Realschulabschluss nachgeholt, eine Lehre gemacht in einer Apotheke. Danach folgte ein längerer Aufenthalt in Südamerika, zu Studienzwecken, wie er allen, die es wissen wollten, erzählt hatte. Seit zwei Jahren nun arbeitete er in einer kleinen Pharmafirma. Sein Traum war es, dort als Generalvertreter zu arbeiten. Dabei könnte er reisen. Schließlich sprach er perfekt Spanisch und Französisch. Vielleicht könnte er ja die Auslandsvertretung ganz übernehmen. Wenn nicht, dann eventuell ganz Deutschland, das wäre noch besser.

Keiner seiner Mitmenschen würde sich noch einmal über ihn lustig machen. Diese Zeiten waren ein für alle Mal vorbei. Jetzt freute er sich richtig auf die Zukunft. Er wusste genau, was er damit anstellen würde.

Kapitel 2

Seit Wochen freute sie sich auf diesen Urlaub. Leise vor sich hin summend tänzelte Maria vor ihrem Kleiderschrank hin und her, nahm mal dieses Kleid, dann jenen Rock heraus und betrachtete jedes Kleidungsstück kritisch und hängte es meistens wieder zurück in den Schrank. Der offene Koffer lag auf ihrem Bett und war erst halb voll mit Unterwäsche und anderen Accessoires. Es fehlten nur die Hauptbekleidungsstücke, und sie konnte sich mal wieder nicht entscheiden. Emilio stand schmunzelnd im Türrahmen, sein Koffer befand sich schon fix und fertig gepackt im Flur. „Du weißt schon, dass es morgen früh losgeht?", fragte er leise. Maria hatte ihn bereits bemerkt. „Oh ja, aber ich weiß einfach nicht, was ich auf einem Kreuzfahrtschiff anziehen soll. Was meinst du? Das rote Kostüm und die weiße Bluse? Oder doch lieber nur Hosen und T-Shirts?" „Nimm doch beides mit, dann vielleicht auch noch die schönen bunten Kleider von den nächsten vier Kleiderbügeln da direkt vor deiner Nase und die beiden tollen Shirts vom letzten Einkauf. Die hast du doch extra für diesen Urlaub gekauft, weißt du noch? Und vergiss nicht das heiße Negligé für die kurzen Nächte. Schon schlimm genug, dass du diesen Gutschein von deiner Verabschiedung erst jetzt einlöst, zwei Jahre nach deiner Pensionierung. Es geht in die Tropen, dort ist es heiß, da brauchst du höchstens noch für abends eine Jacke, wenn es kühl wird. Außerdem hast du dir doch vor ein paar Wochen dieses wunderschöne Blumenkleid gekauft. Der Koffer ist groß genug, um das alles aufzunehmen. Und wenn noch was fehlt, dann kaufen wir dir halt was Schönes vor Ort." Er nahm Maria in die Arme, drückte sie ganz fest und sie genoss es offensichtlich. Als sie den Kopf hob, küsste er sie zärtlich auf den Mund. Den Kuss vertiefend, vergaßen beide kurzfristig das Kleiderproblem. Maria befreite sich nach einiger Zeit aus seinen Armen. „Du hast Recht, ich mach das mal wieder viel zu kompliziert. Also, dann will ich mal. Ich komm gleich in die Küche, heute sollten wir früh ins Bett gehen, den Wecker für morgen in aller Herrgottsfrühe hab ich schon gestellt. Unser Taxi kommt pünktlich."

Als Emilio in die Küche ging, sah sie ihm schmunzelnd hinterher. Sie musste an damals denken, als sie beide noch jung und voller Pläne für die Zukunft waren, dann aber am Ende ihres Studiums feststellen mussten, dass ihre Lebensplanung nicht miteinander harmonierte. Beide waren sie getrennte Wege gegangen, aber keiner von ihnen hatte je geheiratet, beide waren sie mit ihren Karrieren und dem Beruf beschäftigt. Außerdem war da immer im Hintergrund die damalige Jugendliebe gewesen und damit hatte kein anderer mithalten können.

Als Maria dann nach Gelnhausen versetzt wurde, begegnete sie eines Tages Emilio im Flur der Gerichtsmedizin. Beide waren wie vom Blitz getroffen stehen geblieben. Niemals hätte sie gedacht, dass ihre Gefühle für ihn noch genauso stark waren, wie damals am Anfang, vor einer halben Ewigkeit. Aber so war es. Und ihm ging es wohl genauso, denn nur ein paar Stunden später stand er mit einer roten Rose vor ihrer Wohnungstür. Sie wurden wieder ein Paar, nur ein paar Jahre vor ihrer Pensionierung. Ja, wie das Leben manchmal so spielt, wer hätte das gedacht. Es gelang ihnen, ihre Verbindung in der Dienststelle geheim zu halten. Erst als sie beide im Ruhestand waren, zogen sie zusammen und machten ihre Liebe öffentlich. Maria seufzte, ach ja, Liebe war wirklich was Schönes, und wenn man schon etwas älter war, war sie ein großes Geschenk. Emilio war ein Mann, auf den sie sich zu 100 % verlassen konnte, und er sich auch auf sie. Sie kannten sich genau, trotzdem überraschten sie sich doch hin und wieder. Sie hatten die gleichen Interessen, Musik, Tanzen, lange Spaziergänge, gutes Essen, Reisen. Sie kippte auch nicht gleich um, wenn sie ihm dabei zusah, wie er in den Leichen wühlte oder wenn mal das Blut floss. Und sie waren beide immer schon begeisterte Hobby-Detektive gewesen und wollten das auch bald wieder sein.

Am nächsten Morgen in aller Herrgottsfrüh kam das bestellte Taxi und fuhr sie zum Flughafen. Ihr Flugzeug startete in drei Stunden, die anderen Teilnehmer der Reisegruppe waren fast alle schon da. Das Flugzeug hob pünktlich ab und brachte die Passagiere sicher in die Karibik. Dort wartete bereits das Kreuzfahrtschiff auf sie. Maria war sichtlich beeindruckt von der Größe des Schiffes. Wow, zwei Wochen auf diesem Riesen, zwei Wochen Kreuzfahrt durch die Karibik-Inselwelt. Maria ergriff die Hand von Emilio, strahlte ihn an und gemeinsam gingen sie mit den anderen Passagieren über die Gangway an Bord.

Es wurden zwei unvergessliche, aufregende Wochen. Maria hatte ihren Kollegen von unterwegs immer mal wieder ein paar wunderschöne bunte Ansichtskarten geschickt. Auch wenn diese höchstwahrscheinlich erst ankommen würden, wenn sie schon längst wieder zu Hause wären. Aber sie hielt in regelmäßigen Abständen immer noch Kontakt zu ihrer alten Dienststelle, genau wie Emilio auch. Sie würden nach ihrer Rückkehr alle ehemaligen Kollegen einmal zum Grillen auf der großen Dachterrasse ihrer Wohnung einladen, die sie vor zwei Jahren zusammen bezogen hatten. Und ihnen dabei nicht nur mit leckeren Steaks den Mund wässrig machen, sondern konnten dann auch ihre unzähligen tollen Urlaubsfotos zeigen.

Braungebrannt kamen Emilio und Maria nach zwei Wochen wieder zu Hause an. Aus der hochsommerlichen Hitze in den kühlen und regnerischen deutschen Spätsommer. Nach zwei Tagen Erholung hatten sie endlich Muse, die Post durchzusehen. „Schau mal, hier ist endlich unsere amtliche Bestätigung, dass wir als Privatdetektive arbeiten können. Soll ich dir mal was sagen, Emilio, das ist irgendwie aufregend. Gleich morgen gehen wir los, um unsere Ausweise abzuholen. Und dann müssen wir das unbedingt feiern. Was meinst du, beim Italiener um die Ecke? Da waren wir schon lange nicht mehr." „Gute Idee, endlich mal wieder Pizza." Beide sahen sich an und lachten gleichzeitig los. Jeden Abend hatte es an Bord des Schiffes am Buffet Unmengen von verschiedenen Pizzen gegeben. Allerdings hatten sie beide lieber die vielen anderen internationalen Köstlichkeiten und Spezialitäten bevorzugt, kleine Häppchen, jede Menge Salat und Obst, dazu ein gutes Glas Wein. Da sie außerdem auf dem Schiff und auch nach dem Anlegen an Land, bei Stadtbesichtigungen und Landausflügen ständig zu Fuß unterwegs waren, hatten sie sogar ein oder zwei Pfunde abgenommen. „Pizza – morgen Abend – abgemacht!"

Kapitel 3

Seit er vor drei Jahren in dieses kleine Haus eingezogen war, experimentierte er schon mit den verschiedensten Substanzen. Da war einmal das Material, das er von seinem einjährigen Amazonas-Aufenthalt mitgebracht hatte. Die Wirkung dieses hier in der zivilisierten Welt höchstwahrscheinlich noch unbekannten Stoffes hatte er direkt vor Ort beobachten können und es hatte ihn von Anbeginn an fasziniert. Er beobachtete die Indios bei der Vorbereitung ihrer Jagdpfeile, hatte gefragt und solange gebettelt, bis sie ihm die Zubereitung verraten hatten. Daraufhin durfte er sogar bei der Beschaffung des Materials mithelfen und zum Abschied schenkte ihm der Häuptling eine kleine Flasche davon. Es war sozusagen die Grundlagenessenz seiner zukünftigen Passion. Es gelang ihm, diese Flasche, absolut luftdicht verpackt, unbemerkt auf seiner Rückreise im Gepäck zu schmuggeln.

Schon im Dschungel war ihm die Idee gekommen, ein absolut tödliches Gift herzustellen und auch zu benutzen. Er wusste auch genau, wozu. Als er dann zuhause die kleine Flasche in Händen hielt, war er immer noch von seiner Idee so begeistert, fast schon besessen gewesen, dass er sich anschließend das kleine Labor eingerichtet hatte, mit den modernsten Apparaten. Dann fing er an zu experimentieren. Er begann, das Material aus dem Amazonas in kleinsten Mengen mit den verschiedensten natürlichen und auch chemischen Wirkstoffen, die er in Europa kaufen konnte, zu vermischen, immer wieder in neuer, anderer Zusammensetzung. Damit führte er dann diverse Versuche in der Natur durch. Bis jetzt leider noch nicht mit dem gewünschten Ergebnis. Aber vor einer Woche war er zufällig auf ein weiteres, selbst in Fachkreisen noch größtenteils unbekanntes Element gestoßen, das er sich über das Darknet besorgen konnte. Es war gestern eingetroffen. Damit müsste die Rezeptur jetzt vollständig sein. Ganz aufgeregt hatte er bereits in den frühen Morgenstunden mit seinen Versuchen weitergearbeitet. Er war sich sicher, dass es diesmal klappen würde. Seit zwei Stunden werkelte er nun schon in seinem kleinen Labor, das er sich in einem der freien Kellerräume in seinem neuen Zuhause eingerichtet hatte.

In den kleinen Reagenzkolben brodelte eine durchsichtige Flüssigkeit, die Luft war vernebelt. In einen weißen Schutzanzug gehüllt, wuselte er ungeduldig zwischen den einzelnen aufgebauten Experimenten hin und her, die kleine Kapuze des Schutzanzugs hatte er über den Kopf gezogen, mit der supermodernen silbern glänzenden Gesichtsschutzmaske sah er aus wie von einem anderen Planeten, wie der Zwillingsbruder von Darth Vader. Aber die Versuche waren zu gefährlich und zu wichtig, als dass er das

Risiko eingehen konnte, den eigenen Experimenten zum Opfer zu fallen. Sein kleines Labor war vollgestopft mit Gläsern, Flaschen, gefüllt mit allerlei farbigen Flüssigkeiten, es sah aus wie eine kleine Hexenküche. Und genauso fühlte er sich im Moment auch. Hexenmeister! Seine Augen hatten vor lauter Vorfreude einen unnatürlichen Glanz angenommen, seine Lippen verzogen sich zu einem diabolischen Grinsen. Dieses Mal würde es gelingen.

Das musste einfach unbedingt die perfekte Mischung sein. Er wusste es intuitiv in dem Augenblick, als er die schillernde durchsichtige Mixtur betrachtete. Er freute sich, war richtig gehend euphorisch, die nächste praktische Versuchsreihe stand bevor. Endlich, nach mehreren fehlgeschlagenen Chargen und 2 Jahren harter Arbeit hatte er es geschafft. Kurz dachte er an die fünf vorangegangenen, fehlgeschlagenen Versuche. Bei den ersten Tests hatte es ewig gedauert, bis eine Wirkung eingetreten war, jedoch war das Ergebnis enttäuschender Weise nicht letal gewesen. Die Resultate der nächsten Tests waren schon irgendwie bizarr ausgefallen und hatten ihn nicht zufriedengestellt. Aber jetzt sollte es doch richtig gelingen. Jetzt war es so weit. Er konnte es kaum fassen. Und was das Schönste dabei war, das wirklich Allerschönste: Keiner würde ihm irgendetwas nachweisen können. Alles würde sich quasi in Luft auflö-

sen. Ach, am liebsten hätte er laut gejubelt und gelacht, so gut fühlte er sich.

Dann öffnete er das Fenster, um auch die kleinsten Spuren von Nebel aus den Reagenzkolben zu
entfernen. Er setzte seine Schutzmaske ab, das Neueste und Sicherste, was es im Moment auf dem
Markt gab, richtig futuristisch sah sie aus, enganlie-
gend und chromblitzend. Wie aus Science-Fiction
Filmen. Dann entsorgte er seine Handschuhe, den
weißen Schutzanzug und mit leisem Bedauern auch
diese Schutzmaske. Allerdings hatte er noch eine
Ersatzmaske im Schrank. Nicht ganz so futuristisch,
aber genauso funktional und sicher.

Schnell zog er einen neuen Schutzanzug an, zog
Handschuhe über und räumte den Arbeitsplatz in
seinem Kellerlabor auf, putzte alles blitzesauber,
danach verschloss er jede einzelne der abgefüllten
und richtig professionell etikettierten 100 Fläschchen
luftdicht mit Schrumpffolie, packte sie bruchsicher
ein und trug den Karton in die Küche. Morgen ging es
nach Polen, dort wartete sein erster Kunde. Hier
kannte er sich bestens aus, jedenfalls in der Grenzre-
gion, seiner alten Heimat. Auf dem Weg dorthin, in
Ostdeutschland, könnte er ja eventuell schon mal
einen Test wagen. Oder doch nicht? Zu gefährlich?
War er zu ungeduldig? OK, drüben wäre es sicherer.
Wenn also alles in Polen mit den ersten Versuchen

klappte, würde er hier in der Bundesrepublik mit dem ganz großen Experiment beginnen. Sein Enthusiasmus und die Vorfreude kannten kaum Grenzen. Er grinste diabolisch vor sich hin, als er sein Werk bewunderte. Wer ihn jetzt gesehen hätte, würde ihn nicht wiedererkennen, hätte zwei verschiedene Menschen vermutet. Wie Dr. Jekyll und Mr. Hyde.

Irgendwann würden sie ihn alle richtiggehend bewundern, jawohl. Für die Demütigungen in seinem früheren Leben würden sie alle bezahlen, ob schuldig oder nicht. Schon auf dem Rückweg würde er anfangen – er musste sich nur noch für die richtigen Orte entscheiden. Er trat vor die große Karte, die er vor einigen Monaten gekauft und an die Wand gehängt hatte. Dort gab es bereits einen großen roten Punkt, von ihm eingezeichnet – seine Geburtsstadt, dieses Kaff, mit seinen scheinheiligen und niederträchtigen Bewohnern. Die Namen und Adressen einiger ihm persönlich bekannten Personen standen schon auf seiner Liste. Er würde seine ehemaligen Peiniger vor seiner Weiterreise kurz besuchen. Oh ja, das würde er, dachte er und grinste verächtlich. Mit dem Finger fuhr er auf seiner weiteren Reiseroute entlang in Richtung Süden. Über Frankfurt/Oder würde ihn sein Rückweg nach Süddeutschland führen. Perfekt – Frankfurt, das war eine große Stadt mit vielen Menschen, genau richtig. Dort würde er mit seinen Versuchen weitermachen. Drei Tage später wäre er im

Süden, am Bodensee und in der Schweiz. Ausland – darauf freute er sich auch schon. Dort in der Schweiz könnte es allerdings bereits kalt sein, immerhin war es schon Ende September, da konnte in den Bergen schon der erste Schnee gefallen sein. Er musste an seine Winterreifen denken.

Winterreifen, bei diesem Wort blitzte ihm ein Gedanke durch den Kopf. Die Außentemperaturen. Der Winter stand vor der Tür. Hatte er das Material überhaupt auf die heißen Sommer- und die eiskalten Wintertemperaturen getestet? Mist, diese Extreme hatte er glatt übersehen. Bei den vorigen Chargen war ihm das auch nicht aufgefallen. So etwas durfte einfach nicht passieren. Vielleicht hatte es ja deshalb nicht perfekt funktioniert. So eine Vernachlässigung konnte und wollte er sich nicht noch einmal leisten. Die Versuche sollten ja ein ganzes Jahr abdecken. Es musste ja nicht sehr kalt bzw. heiß werden, im Laufe der Jahreszeiten. Aber trotzdem, das musste er unbedingt berücksichtigen. Er stellte deshalb jeweils eine Testportion in die Gefriertruhe und in den Backofen, den er auf 40 °C einstellte. Die Eieruhr drehte er auf 60 Minuten.

Er nahm eines seiner Lieblingsbücher, die Geschichte von Dr. Jekyll und Mr. Hyde von Robert Louis Stevenson, setzte sich damit in der Küche an den Tisch und las. Als die Uhr Alarm schlug, nahm er die Proben aus dem Gefrierfach und dem Backofen und ging damit nach draußen. Ein letzter kleiner Test vor dem großen Versuch auf seiner Reise. Eine halbe Stunde später war er wieder in seiner Wohnung. Er grinste. Es funktionierte perfekt, auch bei Extrem-Temperaturen. Er konnte beruhigt morgen früh losfahren. Wie viele dieser Fläschchen sollte er mitnehmen? Fünf oder gar zehn? Zuwenig? Er überlegte kurz und packte eine seiner Meinung nach genügende Menge in das kleine, extra von ihm angefertigte, gut gepolsterte und mit Aussparungen für die Fläschchen versehene Etui, das genau 10 Stück aufnehmen konnte.

Sein Koffer und die Reisetasche mit seinem Laptop standen schon fertig gepackt im Flur. Die Firmenunterlagen waren in der Aktentasche. Seine Sekretärin hatte die Termine mit den Kunden bereits im Büro abgesprochen und sie waren auch alle bestätigt worden. Er hatte ein vollbepacktes Programm vor sich. Sein Auto war gecheckt und fahrbereit, mit Winterreifen. In zwei Wochen würde er wieder zurück sein.

Durch das geöffnete Fenster hörte er, wie seine Nachbarin draußen nach ihren beiden Katzen rief.

Zehn

Kapitel 4 − Spätherbst

Dana Cozioli war verliebt. Es kribbelte in ihrem Bauch, ihr Herz überschlug sich, wenn sie ihn nur ansah. Vor einem halben Jahr hatte sie ihn, also ihren neuen Freund Daniel Kortner, bei einem Straßenfest hier in Rorschach kennengelernt, er hatte geräucherte Felchen verkauft, selbstgefangene. Er war Fischer auf dem Bodensee, genauer gesagt aus Uhldingen, sah gut aus, war kräftig gebaut, sein dunkles Haar trug er etwas länger, manchmal zu einem kleinen süßen Zopf gebunden, seine braunen Augen konnten wirklich zärtlich direkt in ihre Seele schauen, wie ein richtiger Teddybär, einfach zum Knuddeln. Seit diesem Fest hatten sie sich jede Woche gesehen, hatten jeden Tag miteinander telefoniert, über Skype, das Gefühl, einander zu brauchen, einander zu lieben, war immer stärker geworden.

Deshalb hatte sie sich gestern so gefreut, als er anrief und ihr sagte, er käme am Abend zu ihr, dass sie seine leichte Unruhe dabei nicht bemerkt hatte. Erst heute Morgen, als er sagte, er müsse schon wieder zurück, seine Netze einholen und dann schnellstens nach Hause, er hätte am Nachmittag zwei dringende Termine, meinte sie schmollend zu ihm: „Du bist doch gerade erst gekommen, eine

Nacht nur. Heute soll das Wetter umschlagen, es soll Sturm geben. Da kannst Du mit Deinem Fischerboot doch nicht den weiten Weg zurück über den See machen. Bitte bleib doch, bis es besser wird, bis der Sturm vorbei ist, bis morgen Mittag." Er sah sie mit gerunzelter Stirn an. „Es geht nicht, mein Schatz, leider. Ich muss zurück. Aber ich komme in zwei Tagen wieder zurück – und dann hab ich eine kleine Überraschung für Dich!" Mit diesen Worten nahm er seine Wetterjacke, gab ihr einen kurzen dicken schnellen Kuss und ging hinaus. „Ruf mich an, wenn Du zu Hause angekommen bist, bitte." Er rief ein kurzes „Ja", es hörte sich verschnupft an, dann war er weg. Dana seufzte. Was für eine Überraschung? Ihr war klar, dass sie sich noch nicht lange kannten, aber wenn sie zusammen waren, hatte sie das Gefühl, dass sie perfekt zusammen passten. Ob doch noch jemand in Uhldingen auf ihn wartete? Er hatte ihr versichert, dass es da niemanden gab. Er war zwar etwas mundfaul, aber er hatte ihr immer wieder gesagt, dass er sie liebe. Warum also konnte er nicht bleiben?

Sie konnte nicht wissen, dass er die Fischerei, die einfach unrentabel für ihn war, aufgeben wollte, dass er vorhatte, sein Fischerboot zu verkaufen, einen festen Job suchte, weil er mit ihr zusammen sein wollte, dass er deshalb zu einem Vorstellungsgespräch musste. Er hatte noch nicht gelernt, seine

Gedanken und Gefühle mit jemandem zu teilen, zu lange hatte er alleine alles mit sich ausgemacht. Daniel musterte besorgt den Himmel, dann löste er die Leinen und warf den Motor an. In zwei bis drei Stunden wollte er zu Hause sein, hoffentlich schaffte er es rechtzeitig vor Ausbruch des Sturms. Dann hätte er immer noch genug Zeit, um sich umzuziehen und mit dem Zug nach Friedrichshafen zu fahren zu seinem ersten Vorstellungsgespräch am Nachmittag.

Draußen wurde es langsam hell. Der Himmel war blau, der Sonnenaufgang bot ein spektakuläres Schauspiel. Noch schienen die Meteorologen Unrecht zu haben, aber das Wetter konnte erfahrungsgemäß hier am Bodensee innerhalb einer Stunde komplett umschlagen. Das wusste Dana. Frustriert zog sie sich das Kopfkissen über den Kopf und schloss die Augen. Es war sechs Uhr in der Früh. Sie hatte noch zwei Stunden Zeit, bis sie auch aufstehen musste, um ihren Laden pünktlich um zehn Uhr aufzumachen. Sie war Goldschmiedin, seit zwei Jahren hatte sie nun ihr eigenes kleines Geschäft. Sie war stolz darauf, vor allem, da die Umsätze sie inzwischen ernährten. Hier in Rorschach kamen viele Touristen durch, und auch die Einheimischen schätzten ihre gute handwerkliche Arbeit und das extravagante Design.

Es war früher Vormittag. Das Kursschiff „Lady Aurora" lag noch im geschützten Hafen von Konstanz. Der Kapitän ging die Wetterberichte durch. „Wir haben Sturmwarnung, Stufe eins. Laut Wetterbericht soll es aber noch schlimmer werden. Vor fünf Minuten wurde die Abfahrt für uns freigegeben. Noch scheint es friedlich auf dem See zu sein. Also, dann wollen wir mal." Langsam legte das Schiff der weißen Flotte von Konstanz ab und machte sich auf den Weg nach Bregenz, mit nächstem Halt in Meersburg. Das Schiff war voll besetzt, die Passagiere freuten sich augenscheinlich auf die Fahrt über den See, auch wenn es ein bisschen anfing zu schaukeln. Es war noch trocken, allerdings sehr windig. Langsam kamen dunkle Wolken auf.

Im Laufe der Fahrt frischte der Wind jedoch immer mehr auf, es kamen die ersten Tropfen und die Wellen wurden höher und bildeten weiße Schaumkronen. Meersburg lag hinter ihnen, bei Hagnau regnete es schon mehr. Das Schiff wiegte sich von einer Seite zur anderen, der Sturm nahm Fahrt auf. Die Wellen wurden höher, ungemütlicher, der Regen stärker. Die Wettervorhersage hatte die Passagiere allerdings nicht davon abgehalten, sich auf eine Vergnügungsfahrt zu freuen. Was gab es Schöneres, als bei schlechtem Wetter und ein bisschen Regen mit dem Schiff zu fahren. Da wurde man wenigstens nicht nass, von oben. Allerdings ahnten weder der

Kapitän noch seine Besatzung zu diesem Zeitpunkt, dass der Sturm sich in Kürze so wütend über dem Bodensee austoben würde. Noch waren die Passagiere guter Dinge, keinem war schlecht, keiner war seekrank. Der Regen nahm aber immer mehr zu, der Wind auch. Nach dem Ablegen von Immenstaad kämpfte sich das Schiff durch die hohen Wellenberge. Ungewöhnlich für den See, die Wellen erreichten über 2 m, manchmal sogar mehr. Das Schiff schwankte in den Wellenbergen bedenklich nach rechts und links. Nachdem sie mit Schwierigkeiten in Kressbronn angelegt hatten, entschied der Kapitän, dass ein Anlegen an den nächsten beiden Zielen, Nonnenhorn und Wasserburg, bei diesem hohen Wellengang und der Strömung nicht möglich war. Als er diese Neuigkeit den Passagieren mitteilte, gingen doch noch eine Handvoll Fahrgäste in Kressbronn von Bord, um auf anderem Wege, mit Bus oder Bahn, die beiden Orte zu erreichen.

Nach dem Ablegen ließ der Kapitän das Schiff in Richtung Schweizer Ufer mehr treiben als fahren, immer in der Strömung, mit der Absicht, dann im richtigen Augenblick wieder zurück in Richtung Lindau einzulenken. Allerdings würde dieses Manöver nicht ohne ein tüchtiges Durchschütteln der Passagiere möglich sein. Er nahm das Mikrofon: „Werte Fahrgäste, wegen des schlechten Wetters bitten wir Sie alle, sich ohne Ausreden und Diskussionen auf ihre Plätze zu setzen und sich gut festzuhalten. Die nächsten 10 Minuten könnten etwas ungemütlich werden. Danke. Unser nächster Halt wird Lindau sein!" Dann konzentrierte sich der Kapitän auf das schwierige Wendemanöver und auf die Weiterfahrt. Der Himmel hatte seine Schleusen jetzt ganz geöffnet, der Regen fiel wie eine Wand, das Schiff schob sich langsam und schaukelnd durch die hohen Wellenberge. Die Warnlichter in den Häfen rund um den Bodensee blinkten inzwischen so schnell, als wollten sie sich gleich selbst überholen.

Die Sicht war schlecht, fast konnte man die Hand nicht vor Augen sehen, als plötzlich ein Crew-Mitglied zum Kapitän lief und ihm aufgeregt zurief: „Kapitän, dort auf Steuerbord dümpelt ein kleines Fischerboot, wie es aussieht, ist es in Schwierigkeiten. Es könnte unseren Weg kreuzen. Wir sollten Signal geben." Ein Nebelhorn ertönte. „Es reagiert nicht. Es scheint führerlos zu sein. Die See ist so unruhig, es ist kaum etwas zu sehen, von hier oben kann man auch nicht hineinsehen. Was sollen wir jetzt tun?" Der Kapitän überlegte kurz. „Ich werde mal versuchen, etwas näher heran zu kommen, vielleicht können wir ja dann sehen, was los ist, es ist offen. Rufen Sie die Wasserschutzpolizei an. Sie müssen sofort kommen."

Es war schwierig, das große Schiff überhaupt auf Kurs zu halten. Aber es gelang dem Kapitän, den Abstand zu dem Fischerboot etwas zu verringern, damit er einen Blick hinein werfen konnte. Eine Person lag scheinbar reglos im Boot. Wie es aussah, funktionierte der Motor nicht. Halb vollgelaufen war es auch bereits. Schon wurde das kleine Boot von den Wellen wieder vom Schiff abgetrieben. „Die Rettung von der Station in Langenargen ist auf dem Weg, die Kantonspolizei von Rorschach wird auch kommen. Wir sollen dem kleinen Boot Schutz geben, damit es nicht ganz vollläuft oder umkippt." „Die sind gut. Das ist leichter gesagt als getan. Wie soll ich bei diesem Sturm das Schiff hier einigermaßen ruhig halten, ohne mit dem kleinen Boot zu kollidieren? Mist!" Der Kapitän versuchte, seine Panik zu unterdrücken. Noch nie war er hier auf dem Bodensee in einer solchen prekären Situation gewesen.

Dieser Sturm war außergewöhnlich stark und die Wellen ungewöhnlich hoch. Aber Rettung war nun mal oberstes Gebot auf See. Egal wie. Er wusste, in Langenargen war ein schnelles Schiff der Wasserschutzpolizei stationiert, in Rorschach ein kleineres Schiff der Kantonspolizei der Schweiz. Es würde einige Zeit brauchen, bis einer der beiden oder beide hier waren. Über Funk meldeten sich kurz darauf beide Rettungsschiffe, in 15 Minuten würden sie vor Ort eintreffen, hieß es. Nun, solange musste er sich mit seinem Schiff querab zum Wind vor das kleine Boot legen, damit der Sturm es nicht traf und das größere Schiff die großen Wellen abhielt, etwas Anderes blieb ihm nicht übrig. Der Kapitän bat seinen Kollegen, die Fahrgäste zu beruhigen, seine eigene Aufmerksamkeit galt dem Steuer und dem Schiff sowie dem kleinen Boot. Sein Kollege nahm das Mikrofon: „Werte Fahrgäste, bitte behalten Sie unbedingt Platz. Wir haben hier einen Notfall. Ein Fischerboot ist in Seenot geraten und braucht dringend Hilfe. Wir müssen bei diesem Sturm und Wellengang hier solange Schutz mit unserem Schiff geben, bis die Rettung, d.h. die Wasserschutzpolizei, kommt. Die Ankunft in Lindau wird sich dadurch um einige Zeit verspäten. Bitte halten Sie sich gut fest, es könnte ungemütlich werden. Vielen Dank für ihr Verständnis."

Ein Raunen ging durch das Schiff, einige Personen standen auf und wollten das Boot sehen, aber es war in einem Wellental verschwunden. Für eine bessere Sicht hätten sie nach draußen gehen müssen, aber die Crew sorgte inzwischen dafür, dass alle Passagiere sitzen blieben. Außerdem frischte der Wind immer noch etwas mehr auf und peitschte den Regen über das Deck. Die Situation war äußerst angespannt und das Manöver teilweise sogar gefährlich. Aber das würde niemand den Fahrgästen sagen, nur die Crew wusste Bescheid. Immer wieder gingen sie mit beruhigenden Worten durch die Reihen der Passagiere. Es dauerte fast 20 Minuten, dann waren die beiden Rettungsboote fast zur gleichen Zeit vor Ort. Einer der Polizisten versuchte, vorsichtig und angeleint in das kleine Boot zu klettern, ein sehr riskantes Unterfangen bei der unruhigen See. Er hatte ein Seil dabei, um damit eine Schleppverbindung mit dem Polizeiboot herzustellen. Als er erfolgreich war, löste sich das Fahrgastschiff von der Stelle und nahm wieder Fahrt auf, die Wasserschutzpolizei nahm das Fischerboot ins Schlepptau, der Polizist verblieb auf dem Fischerboot. Über Funk kam eine kurze Meldung an den Kapitän des Passagierschiffes: „Die Person im Boot ist tot. Wir melden uns wieder, sobald wir Genaueres wissen. Vielen Dank für Ihre Hilfe, kommen Sie gut in Lindau an." Dann waren sie verschwunden.

Das Kursschiff „Lady Aurora" nahm wieder Fahrt auf in Richtung Lindau. Es wurde nochmals sehr wackelig für die Fahrgäste, die bis jetzt sehr brav und still auf ihren Plätzen geblieben waren. Aber neugierig waren sie schon alle. Doch kein Mitglied der Crew konnte oder wollte ihnen etwas Näheres zu dem abgeschleppten Boot und seinem Insassen sagen. Vielleicht würde ja morgen etwas in der Zeitung stehen.

Das Fischerboot wurde so schnell es ging nach Rorschach geschleppt, der Standort war näher am Fundort, als Langenargen, Lindau oder Bregenz. Bei der Ankunft dort stand ein Notarzt schon bereit. Allerdings konnte er nur noch den Tod des Fischers feststellen. Der Gefundene kauerte in sitzender Stellung vornübergebeugt im Boot, mit einer Hand hielt er krampfhaft das Ruder fest. Es gelang den Rettern zuerst nicht, ihn aus dieser Haltung zu lösen. Vier Männer waren nötig, um ihn anschließend aus dem Boot zu heben und auf dem Kai abzulegen. Immerhin hatte der Mann Papiere bei sich. Es handelte sich um einen Fischer namens Daniel Kortner aus Uhldingen. Im Boot fanden die Polizisten eine leere kleine braune Glasflasche. Dieses Fläschchen war als Warenprobe etikettiert, mit einer kleinen „10" in der oberen linken Ecke. In der Mitte des Etiketts stand groß und fett „Nasenspray". Darunter, in sehr kleiner Schrift: Inhalt 5 ml und „Schleimhaut abschwellend". Inhaltsstoffe waren nicht angegeben. Sie wurde zu den anderen Gegenständen gepackt, die der Tote bei sich getragen hatte. Der Tote wurde in die Gerichtsmedizin abtransportiert. Die Papiere und persönlichen Gegenstände nahmen die Polizisten mit zur Wache.

„Was hat ein Fischer bei diesem Wetter so weit von seinem Heimathafen entfernt hier unten in Rorschach bzw. Lindau zu suchen? Er muss doch gewusst haben, wie gefährlich das sein kann bei diesem Wetter. Hier hat er bestimmt keine Netze ausliegen. Ob er jemanden besucht hat? Dann den ganzen Weg zurück? Im Sturm? Das ist doch mehr als unwahrscheinlich." Den beiden Polizisten kamen Zweifel. Sie prüften die Daten im Computer. Sie stimmten mit den Daten und dem Bild in den Papieren überein. Keine weiteren Einträge. Keine näheren Angehörigen.

Am nächsten Morgen erschien eine junge Frau mit rotgeweinten Augen auf der Wache. „Ich möchte meinen Freund als vermisst melden. Er hat mich vorgestern besucht und wollte sich gestern bei mir melden, wenn er wieder zu Hause ist. Hat er aber nicht. Sein Handy ist abgeschaltet, sein Telefon auf Anrufbeantworter geschaltet. Er ist doch gestern noch ganz in der Frühe vor dem Sturm losgefahren. Das hätte er bis nach Hause schaffen müssen." Die Frau war in Panik. Der Beamte versuchte, sie zu beruhigen. Dann bat er um die Daten, Name, Adresse, Bootsname. Als die Frau ihm die Informationen gegeben hatte, stutzte er. „Warten Sie bitte einen Moment." Er ging in den angrenzenden Raum zu seinem Kollegen. „Da ist eine Frau, die ihren Freund als vermisst meldet. Die Daten stimmen mit unserem Havarie-Fund überein. Kannst Du mal mitkommen?" Zu zweit gingen sie zurück. Zeigten der Frau ein Foto. Woraufhin diese in verzweifeltes Schluchzen ausbrach. „Das ist er! Was ist passiert?"

„Wir haben gestern Nachmittag ihren Freund mitten auf dem Bodensee in seinem Boot gefunden, als der Sturm seinen Höhepunkt erreicht hatte. Da war er aber schon seit mehreren Stunden tot."

Genau in diesem Augenblick ging die Tür auf und der Gerichtsmediziner trat ein. „Gibt es hier einen Kaffee für einen verdurstenden alten Mann?" Immer zu Scherzen aufgelegt, dieser Gunter, dachte Kommissar Bertold, aber meistens zum falschen Zeitpunkt. „Klar haben wir was zu trinken für Sie, aber ob das noch hilft?" Beide lachten und gingen ins Nebenzimmer, während sein Kollege immer noch die junge Frau befragte. Der Gerichtsmediziner Gunter nahm die angebotene Tasse heißen Kaffee und legte seinen Autopsie-Bericht auf den Tisch. „Natürliche Todesursache. Nur die heftige Leichenstarre machte mir Kopfzerbrechen. Es hat länger als üblich gedauert, bis sie sich endlich gelöst hatte. Aber eine Ursache dafür konnte ich nicht finden. Sonst haben wir nichts weiter feststellen können. Das braune Fläschchen aus dem Boot war leer." Die Tasse war auch leer, Gunter stand auf und mit einem kurzen „Ciao!" ging er wieder hinaus.

Draußen meinte der Polizist zu Gunter: „Das ist die Freundin des Toten. Kann sie zur Identifizierung mit Ihnen rüber kommen?" „Klar, kein Problem." Damit gingen die drei Personen hinaus.

Die Berichte der Schweizer Spurensicherung, des Labors und des Gerichtsmediziners landeten nach einer Woche auf dem Schreibtisch von HK Sander in Konstanz. Uhldingen, der Wohnort des Toten, gehörte zu seinem Bezirk. Je länger Sander über diesen doch noch jungen toten Mann und die unübliche Leichenstarre nachdachte, desto skeptischer wurde er, was eine „natürliche Todesursache" betraf. So etwas war ihm im Laufe seiner Amtszeit noch nicht passiert. Aber selbst der Pathologe hatte keine anderen Spuren feststellen können. Er telefonierte kurz mit der Dienststelle und dem Gerichtsmediziner in Rorschach. Aber dort war die Akte schon geschlossen und weitere Informationen gab es nicht. Also musste er wohl oder übel mit dem Ergebnis zufrieden sein. Deshalb legte er alles seiner Sekretärin auf den Schreibtisch zur Ablage.

Wenn er auch nur im Entferntesten geahnt hätte, dass dies der Anfang einer ganzen Serie von Toten in Deutschland und Umgebung war und er im nächsten Jahr schon mehr davon hören würde, hätte er sich den Namen sicherlich gemerkt und die Akte in Reichweite behalten. So aber vergaß er die ganze Angelegenheit ziemlich schnell, als neue Fälle hereinkamen.

Neunzehn

Kapitel 5 – Winter

„Das ist nicht gut, gar nicht gut!" Kilian war der Leiter der Bergwacht. Gemeinsam mit seinem Kollegen Severin stand er vor der Tür und schaute mit dem Fernglas den Berg hinauf auf die Gipfelspitzen. Dort hing ein schweres Schneebrett. In den letzten Tagen hatte es immer mal wieder geschneit, bis jetzt waren gut 50 cm Neuschnee gefallen, feinster Pulverschnee. „Wenn es heute Nacht weiter so schneit, müssen wir dieses Brett morgen früh vom Hubschrauber aus sprengen, sonst wird sich die Lawine von alleine lösen und es könnte zur Katastrophe kommen. Die Hütte vom Saalmooser Max liegt genau in der Zielrichtung dieser Lawine. Der Max hat mir noch gestern erzählt, dass er die Hütte für die nächsten zwei Wochen an so abenteuerlustige Trendsportler aus Norddeutschland vermietet hat, vier junge Männer. Und in der vorderen Hütte macht ein älteres Ehepaar Urlaub. Mit etwas Pech könnten die Ausläufer der Lawine bis zu diesen Hütten kommen, wenn sie sich von selbst mit Wucht lösen sollte. Wollen wir also das Beste hoffen, dass das nicht passiert, es muss ja nicht weiter schneien. Schließlich muss der Wetterbericht nicht immer Recht haben. Ich schau noch mal beim Alfons rein, der hat die neuesten Daten und ist außerdem mit den Wolken auf Du und Du. Der weiß es bestimmt genau. Also, bis morgen früh dann und gute Nacht." Severin war für die Nachtwache eingeteilt. Morgen kurz vor Sonnenaufgang würde das komplette Team wieder hier antreten.

Leider hatte der Wetterbericht doch Recht. Es hörte in den Abendstunden und der Nacht nicht auf zu schneien. Der eisige Wind trieb dichte weiße Schneewolken vor sich her, die Berge hinunter und wieder hinauf, über die Gipfel ins Tal hinunter, türmte den Schnee in den Mulden auf, fegte ihn durch die spärlichen Bäume bis zu den ersten Hütten, die sich am Hang festklammerten. Die meisten dieser Hütten waren nur im Sommer bewohnt. Doch in zwei dieser Hütten brannte auch diese Nacht noch Licht, allerdings waren die Bewohner bei der schlechten Wetterlage abgeschnitten von jedweder Zivilisation.

Mitternacht war lange vorbei, als sich hoch oben in den Bergen mit leisem Grollen ein schweres überhängendes Schneebrett löste. Das Grollen schwoll an, wuchs zu einem lauten Donnern und dann wälzte sich eine riesige Lawine ins Tal. Erst langsam, dann immer schneller. Alles, was diesem Schneemonster im Wege stand, wurde ohne Gnade überrollt: Sträucher, Zäune, kleine Hütten, Heustadel, unbewohnte und bewohnte Hütten. Die wenigen dort verbliebenen Bewohner hatten keine Chance, sie wurden im

Schlaf überfallen und ins Tal hinunter mitgerissen. Die Wucht und die Masse der Lawine waren so groß, dass sie erst am Fuße des gegenüberliegenden Tals zum Erliegen kam.

Schon beim ersten Donnergrollen war Severin aufgesprungen und vor die Tür geeilt, hatte versucht, mit dem Fernglas etwas zu sehen. So eine verdammte Sch...! Das Schneebrett – es hatte sich von alleine gelöst. Er verfolgte den Lauf der Lawine, soweit es möglich war, dann griff er zum Funkgerät: „Severin hier. Hallo Kilian, die Lawine ist runtergekommen. Nein, das Dorf ist kaum betroffen, aber die Hütten am Berg. Die Straße ist zu. Wir müssen sofort los. Kannst du den Notfall ausrufen? Danke. Wir sind vor Ort."

Schließlich war das Dorf keinen Kilometer von der herunterkommenden Lawine entfernt. Der ganze wilde Abgang der Lawine hatte nicht länger als 10 oder 15 Minuten gedauert. Bis zur gegenüberliegenden Dorfgrenze war der Schnee gekommen, die Zufahrtstraße zum Dorf war dicht. Weitere 10 Minuten später standen alle männlichen Einwohner des Dorfes mit ihrer Lawinenausrüstung an der Rettungsstation, keine 500 m vom Lawinenrand entfernt. Noch war es fast dunkle Nacht und es schneite immer noch. Die Feuerwehr baute in Windeseile Flutlichter auf. Die Bergretter begannen, sich ein Bild von der

Katastrophe zu machen. Hoffnung, noch Überlebende aus den Berghütten zu finden, machte sich keiner dabei.

Es dauerte lange, bis sie die aus dem Schnee herausragenden Balken und Teile der unter dem Schnee verschütteten Hütten herausgegraben hatten. Noch etwas länger dauerte es, die Toten zu finden und zu bergen. Als sie endlich fertig waren, lagen auf dem inzwischen freigeräumten Dorfplatz 7 Leichen. Die Männergruppe, also 4 Personen, und das Ehepaar - und eine weitere unbekannte Leiche.

Die Bergretter und der Dorfpolizist sahen sich diese Leichen sehr genau an, von allen Seiten. Kopfschüttelnd blieben sie vor einem der Toten, dem Unbekannten, stehen. So etwas hatten sie noch nie zu Gesicht bekommen. Sie wussten zwar, dass es das gab. Aber gesehen hatten sie es noch nie.

Kommissar Gronauer rief seine Kollegen in der Bezirkshauptstadt an und bat darum, ihn mit einem Untersuchungsteam zu unterstützen. „Wir haben hier eine Leiche, die mit dem Schnee der Lawine vom Berg heruntergekommen ist. Dieser Tote unterscheidet sich gravierend von den verschütteten Hüttenbewohnern vom Berg, die wir ausgegraben haben. Ja, dieser Tote scheint schon eine längere Zeit im Schnee und Eis gelegen zu haben. Das sieht aus wie eine richtige Eisleiche. OK, wir werden sie in ein Tiefkühlfach legen, bis Ihr hier eintrefft. Natürlich gut verpackt, ist doch selbstverständlich. Bis dann."

Mit der Polizei kamen im Laufe des Tages die Reporter. Sie witterten eine Sensationsstory, nicht nur wegen der Lawine, sondern vor allem wegen der Eisleiche. Nach einer kurzen Pressekonferenz durften sie sogar einen Blick auf die von der Polizei gemachten Fotos der Leiche werfen. Ganz offensichtlich aber war es kein zweiter „Ötzi".

Der Tote war männlich, ein Skifahrer, denn er trug schon eine moderne Ausrüstung, einen schwarzen Ski-Anzug, modernste Skistiefel, allerdings keine Skier, Handschuhe, aber keinen Helm. Das Gesicht war total vereist, glänzend weiß, gruselig verzerrt. Das Seltsamste an dieser Leiche war die Position, in der sie aufgefunden worden war und in der sie immer noch wie erstarrt zu verharren schien. Die Beine waren angezogen bis fast zum Bauch, die Arme vor der Brust gekreuzt, der Kopf war auf die Brust gedrückt, so als wollte sie sich ganz klein machen. Oder als wäre sie in einen großen Koffer gequetscht gewesen. Das musste die Autopsie ergeben, wenn die Leiche aufgetaut war.

Die Leiche wurde von der Spurensicherung und dem Spezialteam vorsichtig in die Gerichtsmedizin der Bezirkshauptstadt gebracht. Nach umfangreichen Untersuchungen stand nach der Autopsie fest, dass es keinerlei Hinweis zu einer unnatürlichen Todesursache gab. Der genaue Todeszeitpunkt konnte durch die Vereisung der Leiche nicht mehr festgestellt werden, allerdings legten sich der Gerichtsmediziner und der Pathologe auf einen Zeitraum von zehn bis fünfzehn Wochen vor dem Abgang der Lawine fest. Also noch vor Wintereinbruch und dem ersten Schnee.

Kommissar Gronauer prüfte vorsorglich schon mal die Vermisstenmeldungen für diesen weit gefassten Zeitraum. Keine Übereinstimmung aus dieser Region. Die Leiche hatte keinerlei Papiere bei sich getragen. Trotzdem wurde vorsorglich versucht, Fingerabdrücke zu nehmen und DNA-Proben sicherzustellen. Außerdem wurde die Leiche von allen Seiten fotografiert. Die Autopsie und Laboruntersuchungen brachten keinerlei Erkenntnisse über die wirkliche Todesursache. Alle vorhandenen Spuren wurden mit den entsprechenden Fotos zu der Akte gelegt, diese für zusätzliche Untersuchungen im Korb für aktuelle ungelöste Fälle zur späteren weiteren Bearbeitung aufbewahrt. Vielleicht ergaben sich ja irgendwann genauere Hinweise und Meldungen von vermissten Personen, um diesen Fall aufzuklären, eventuell aus dem Ausland, schließlich lag das Lawinengebiet in unmittelbarer Nähe zur deutschen Grenze. Kommissar Gronauer war in dieser Hinsicht sehr pedantisch, nahm sich vor, die Ermittlungen noch nicht einzustellen und machte sich einen Vermerk auf seinem Terminkalender. Der Tote wurde erst einmal auf dem örtlichen Friedhof beigesetzt.

Als endlich die Spuren des Lawinenabgangs beseitigt waren und im Dorf wieder alles seinen normalen Gang lief, versuchte Kommissar Gronauer, anhand der Fotos der unbekannten Leiche eine Spur des Toten in den angrenzenden Nachbarländer zu finden, mit Fotos und Beschreibung. Er kontaktierte die entsprechenden Polizeidienststellen und bat um Amtshilfe.

Eine Woche später kam aus Deutschland ein Hinweis. Hier wurde aus dem Freiburger Raum ein Mann vermisst. Das Foto und die Beschreibung stimmten überein. Hauptkommissar Müller aus Freiburg bearbeitete den Fall, informierte die Angehörigen und half dabei, die Leiche nach Deutschland zu überführen. Das Foto der ungewöhnlichen Position der Leiche pinnte er an eine Ecke seiner Wandtafel. Jedes Mal, wenn er darauf sah, grübelte er darüber nach, wie man eine Leiche in eine solche Pose bringen könnte. Die Wucht der Lawine war es sicher nicht gewesen. Vielleicht hatte der Tote, als er noch lebte, sich selbst so zusammengerollt, um einen möglichst kleinen Widerstand bei einer anderen

Lawine zu bilden? Es war und blieb wirklich rätselhaft. Hätte er geahnt, dass er in kurzer Zeit wieder an diesen skurrilen Toten erinnert werden würde, hätte er die Akte nicht abgelegt.

Kapitel 6 – Frühjahr

Länderübergreifendes Seminar für die Kriminalpolizei in Hannover

Jetzt saß er schon seit 4 Tagen in diesem unansehnlichen Seminarraum in Hannover, hörte sich gelangweilt Tag für Tag die Vorträge des Dozenten an, der wenig Neues erzählte und nur hin und wieder einige interessante Thesen, wie Koordination der Kriminalfälle deutschlandweit, anschnitt. Oberstaatsanwalt Dr. Heinemann hatte ihn zu diesem Seminar angemeldet bzw. genötigt und gemeint, es wäre im Moment sowieso Sauregurkenzeit in Gelnhausen, da könnten sie gut und gerne mal eine Woche auf ihn verzichten. Ha! Hauptkommissar Hans Kalbfleisch sah sich kurz um. Den anderen 15 Kollegen aus dem gesamten Bundesgebiet ging es nicht viel besser. Dieses Mal waren die Männer unter sich, keine einzige Frau hatte sich angemeldet. Das Gute daran war, dass sie alle geschlossen jeden Abend noch in die Kneipe am Ende der Straße gingen, um mal ein gutes Bier zu trinken. Dort konnten sie den Tag am besten abschließen, um den Dozenten, der bis jetzt nie mitgegangen war, mal so richtig auseinander zu nehmen. Jemandem etwas zu vermitteln, und zwar interessant und spannend, war halt nicht jedermanns Sache.

„Hallo, Herr Ober, ich spendiere noch eine Runde, aber diesmal mit ´nem ordentlichen Schnaps dazu." Hansen aus Hamburg hatte schon ganz schön geladen und nuschelte leicht. Die Stimmung wurde immer besser und lauter. Der Alkoholpegel stieg. Die Sprachverständlichkeit sank. „Ich wette", meinte Bindermann aus Köln, Aussprache leicht undeutlich, „also ich wette, keiner hatte schon mal so einen schönen Toten gehabt wie ich. Mit Frack und Zylinder, und mit weißen Handschuhen. Na? Hatte schon mal einer so einen? Stand in ´ner Ecke, steif wie ein Brett, aber angeblich ganz normal verstorben, plötzlicher Herztod. Kann das einer toppen? Kommt schon Leute, raus mit der Sprache. Aber persönlich gesehen, Ehrensache!"

„Du schlägst uns eine Wette vor? Eine richtige Wette? Um was gilt's?"

„Eine neue Runde für alle, mit allem!"

„Also gut, einverstanden. Du hast vorgelegt. Wer macht mit? Wer hat was beizutragen?"

Erst mal sprachen alle 15 durcheinander. Kalbfleisch schüttelte den Kopf. „Da kann ich nicht mithalten, ist mir in den letzten Monaten nicht untergekommen, besser gesagt eigentlich noch nie. "

Sander aus Konstanz meldete sich. „Aber nur im Falle, dass es ein richtiger Fall war, also persönlich ermittelt, ich meine durch die Polizei. Kein 08/15 Toter aus dem Schlafzimmer. Die Polizei muss schon da gewesen sein. Passiert in den vergangenen sechs Monaten. Gleich vorweg, ich kann damit auch nicht dienen." Den Todesfall auf dem Bodensee vom vergangenen Herbst hatte er inzwischen total vergessen. Er prostete Kalbfleisch zu.

Dann, nach kurzem lautem Nachdenken, was in diesem bei einigen schon recht gehobenen Rauschzustand wirklich anstrengend war, schüttelten fünf weitere Kollegen den Kopf. „Haben wir nichts reingekriegt in den letzten sechs Monaten." Die anderen überlegten. Dann eine Stimme aus dem Hintergrund: „Mann auf dem Klo, mitten beim Pieseln, sitzend, kein schöner Anblick." „Wer hat das eben gesagt?" „Ratemal!" „Raten? Wieso raten? Wer war das?" „Na, also ich, Kommissar Ratemal aus München!" „Ach so, ja Sie! OK, das gilt!" „Mann auf Mann, nackt im Hotel, steckte noch — ihr wisst schon. Das Geschrei war groß, seiner auch, drei Tage lang. Letztendlich aber doch nur plötzlicher Herztod durch Viagra!" Müller aus Freiburg warf ein: „Das gilt nicht, das kommt doch öfter vor." Das Gelächter und die anschließende Diskussion über diesen speziellen Fall hielten länger an. Müller aus Freiburg schwieg beleidigt. Seinen zusammengekauerten „Iceman" vom vergangenen Winter hatte er in diesem Moment total vergessen, obwohl dessen Foto an seiner Pinnwand hing. Baumann aus Münster meinte, er hätte mal einen Toten gehabt, der mitten im Bücken scheinbar einen Starrkrampf hatte. Hansen aus Hamburg meldete sich. „Da steckte mal einer im Watt fest, steif wie ein Brett, bis zu den Knien. Mausetot. Fiel nicht um. Einen ganzen Tag lang nicht. Die hatten Probleme, ihn da raus zu kriegen, denn wenn das Watt erst mal einen hat, den gibt es so schnell nicht mehr her!" „Na, ein paar Stunden mag das wohl gehen, aber einen ganzen Tag? Ohne umzufallen?" „Im Ernst, kein Witz, guck doch in die Polizeiakten!" „OK." Die Diskussion wurde lauter.

„Wir hatten mal einen Radfahrer, der fiel einfach um. Die mussten den mit dem Fahrrad in die Gerichtsmedizin bringen, so festverkrampft klammerte der sich im Tod noch an sein Rad. Aber nichts anderes festzustellen als plötzlicher Herztod." Nieswitz aus Karlsruhe schüttelte bekümmert den Kopf. „Zwei Tage hat der Gerichtsmediziner gebraucht, um beide zu trennen." Lautes Gelächter.

Kostakov aus Berlin meldete sich zu Wort. „Also ich weiß nicht, aber wir hatten da mal einen Angler an der Spree, der wurde erst nach zwei Tagen gefunden, hielt immer noch die Angel fest in der Hand, grad so, als wollte er einen Fisch einholen, und es hing doch tatsächlich ein dicker Karpfen dran, im Wasser, immer noch. Aber Angler und Fisch waren tot, nach zwei Tagen beide stocksteif." „Das ist jetzt aber so richtiges Anglerlatein, das kannst du einem wirklichen Angler nicht erzählen, dass es so etwas gibt." Seilgarten aus Dresden sah seinen Kollegen skeptisch an. „Ich habe schon viele Fische an Land gezogen, nach zwei Tagen wäre so ein schwerer Karpfen weg gewesen, der hätte sich da ja selbst befreien können." Nach dieser Aussage fing eine sehr lebhafte, alberne und laute Diskussion über das Lebensalter von Fischen im allgemeinen und Karpfen im speziellen an, von deren Intelligenz und der Möglichkeit, den Angelhaken mit so kurzen Flossen oder den Zähnen selber rauszuziehen.

Kalbfleisch lehnte sich zurück, trank gerade mal sein drittes Bier aus und versuchte zuzuhören. Er hatte sich zurückgehalten, was das Trinken anging, Bier schmeckte ihm nicht besonders gut, Schnaps sowieso nicht. Anders als seine Kollegen – die hatten teilweise ordentlich zugelangt. Deshalb - so viele absurde, sinnlose und alberne Aussagen konnte auch nur der übermäßige Alkoholkonsum hervorbringen. Das war wirklich eine Wette der etwas anderen, speziellen Art. Er dachte aber auch über diese komischen Toten nach. Ob das wirklich alles stimmte, was seine werten Kollegen da so von sich gegeben hatten? War es überhaupt möglich, dass im Moment des Todes ein Körper mitten in einer Bewegung erstarrte? Darüber musste er unbedingt mal mit Emilio diskutieren. Morgen war der letzte Tag des Seminars, da gab es nur noch die Mittagspause, um dieses Thema weiter mit den Kollegen zu besprechen. Er würde auf jeden Fall mal nachhaken.

Der Wirt trat an ihren Tisch. „Meine Herren, es ist schon sehr spät, ich möchte jetzt gerne meine Kneipe hier schließen. Falls sie noch ein letztes Bierchen möchten, bitte ich um ihre Bestellung." Sander und Kalbfleisch erhoben sich gleichzeitig, Sander meinte: „Also ich für meinen Teil hab genug. Ich möchte zahlen und dann ins Hotel zurückgehen. Morgen Nachmittag habe ich einen weiten Weg zurück nach Konstanz. Also dann, war eine interessante Diskussion. Bis morgen früh, Kollegen." Er bezahlte, auch Kalbfleisch beglich seine Rechnung, dann gingen beide zusammen hinaus. Der Rest seiner Kollegen bestellte noch eine Runde, nach einer weiteren halben Stunde verließen alle das Lokal. Die Wette schien vergessen.

Fünfundzwanzig

Kapitel 7 – Frühling

Frühling lag in der Luft. Es duftete nach den frisch erblühten Forsythien, nach Hyazinthen, dem jungen Grün der Parkanlage. Die ersten Krokusse und Schneeglöckchen waren schon über die volle Blüte hinaus, die Büsche hatten die Blättertriebe auf den Weg geschickt und es würde nicht mehr lange dauern, bis alles grün und bunt war.

Schon beim Eintritt in die Praxis wurde man von einem Geräusch empfangen, das eine Gänsehaut den Rücken hinunterschickte und die Härchen am Arm in die Höhe schnellen ließ. Dieses schrille Sirren, dieser hohe Ton, der in den Ohren weh tat, dieses Bohrgeräusch. Jeder, der es hörte, hielt den Atem an und wartete nur auf den Schrei. Den Schrei des Gequälten. Aber der blieb dann fast immer aus. Nur die beruhigende Stimme des Zahnarztes war noch zu hören.

Frau Mosbach hatte einen Termin, der jährliche Check ihrer Zähne stand an. Die freundliche Sprechstundenhilfe zeigte ihr den Weg zum Wartezimmer. Dort nahm sie Platz und griff zu einer Illustrierten. Kurz schaute sie sich um. Es waren nur drei Personen vor ihr, wie es schien. Die Geräusche aus den angrenzenden Räumen drangen bis zu den Wartenden vor. Nicht besonders beruhigende Geräusche, immer noch dieses schrille Sirren. Ein Kind brüllte, eine Frauenstimme, vielleicht die Mutter, versuchte es zu beruhigen. Dann verstummten beide, der Zahnarzt ging kurz darauf über den Flur zur nächsten Behandlung.

Frau Mosbach wurde fast pünktlich zu ihrem Termin in das Behandlungszimmer geleitet. Sie nahm auf diesem so bequem anmutenden Behandlungsstuhl Platz. Unangenehm wurde es darauf erst, wenn der Zahnarzt den Stuhl nach hinten kippte und ihn dann nach unten fuhr, sodass man mehr lag als saß, die Füße oben, der Kopf unten. Danach war man dem Zahnarzt auf Gedeih und Verderb ausgeliefert. Aber noch war es nicht soweit. Bis dahin konnte Frau Mosbach in aller Ruhe die Aussicht genießen. Rundum in diesem Behandlungszimmer waren Fenster, aus denen man einen guten Blick auf das Geschehen draußen auf der Straße hatte. All die vielen Autofahrer, die glaubten, perfekt einparken zu können und dann doch ewig brauchten, um das Auto in die gewünschte Position zu platzieren. Oft quer oder schief zur Fahrbahn.

Nach einer gefühlten halben Ewigkeit, besser gesagt nach endlosen 45 Minuten, trat endlich der Zahnarzt mit seiner Zahnarzthelferin in das Behand-

lungszimmer ein. Frau Mosbach lag mit geschlossenen Augen auf dem Behandlungsstuhl, die Hände vor
dem Bauch gekreuzt. „Guten Morgen, Frau Mosbach, entschuldigen Sie bitte, dass es etwas länger
gedauert hat. Wir hatten noch einen Notfall dazwischen. Dann wollen wir einmal sehen, was Ihre Zähne so machen. Bitte, machen Sie doch mal Ihren
Mund weit auf!" Bei diesen Worten kippte der Zahnarzt auch schon den Stuhl nach hinten und nach unten, setzte seine Lupenbrille auf die Augen, die daraufhin denen einer Eule sehr ähnlich sahen und
blickte die Patientin erwartungsvoll an. Diese rührte
sich nicht. „Frau Mosbach, Sie müssen schon den
Mund aufmachen, sonst kann ich nichts sehen." Frau
Mosbach schien zu schlafen. Sie reagierte nicht, ihre
Augen blieben geschlossen, der Mund auch. Der
Zahnarzt tippte sie leicht mit einem Finger an der
Schulter an. Seine Augen wurden noch größer hinter
der Lupe. Er tippte fester. Frau Mosbach rührte sich
nicht. Der Zahnarzt geriet in Panik. So lange war er
doch jetzt auch nicht weg geblieben. Er rüttelte sie
leicht an der Schulter. „Frau Mosbach?" Seine Stimme wurde etwas panikhaft schriller. Ihr Kopf bewegte sich nicht, die Augen blieben geschlossen. Ihre
Hände hatten sich fest ineinander verkrampft. Der
Zahnarzt riss vor Schreck die Augen weit auf, legte
zwei Finger an den Hals von Frau Mosbach und versuchte, einen Puls zu finden. „Um Gottes Himmels

Willen, rufen Sie schnell den Notarzt!", sagte er mit Panik in seiner Stimme zu seiner Assistentin. Die junge Zahnarzthelferin flüchtete entsetzt hinaus und man hörte sie panisch telefonieren. Noch immer konnte der Zahnarzt nicht glauben, was da gerade passiert war. Er fühlte vorsichtshalber noch einmal nach dem Puls, dann schob er seine Lupenbrille auf die Stirn. Ein feiner Schweißfilm war darauf ausgebrochen. Frau Mosbach war tot.

Als der Notarzt 10 Minuten später die Frau untersuchte, stellte er plötzliches Herzversagen fest. Der Zahnarzt fiel aus allen Wolken und war total verzweifelt. Wenn er nicht so lange bei dem anderen Notfall-Patienten gebraucht hätte, wäre ihm Frau Mosbach ja noch unter den Händen weggestorben! Wie schrecklich. Er zitterte am ganzen Körper. Das war zu viel für ihn. Heute konnte er unmöglich weiter arbeiten.

Als endlich die Leiche vom Bestattungsunternehmen abtransportiert worden war, ließ er seine weiteren Termine absagen, die wartenden Patienten wurden mit neuen Terminen nach Hause geschickt. Seinen beiden Mitarbeiterinnen gab er für den Rest des Tages frei. Danach informierte er noch per Telefon die Putzfrau, damit sie den Raum besonders sorgfältig sauber und steril putzen sollte, wenn sie am Abend kam. Dann schloss er die Eingangstür ab, setzte sich auf einen der bequemen Behandlungs-stühle, natürlich nicht auf den von der Toten, und gönnte sich einen Schluck aus der Flasche mit der Notfallmedizin. Er schloss die Augen, atmete tief ein und aus, spürte dem Alkohol nach, wie er sich lang-sam in seiner Körpermitte ausbreitete und versuch-te, sich zu entspannen. Er konnte immer noch nicht glauben, was da heute passiert war. Aber – morgen würde er die jüngste Assistentin in Ausbildung, also die Azubine, damit beauftragen, alle 10 Minuten in den Behandlungszimmern die Patienten zu befragen, ob alles in Ordnung sei. Noch einmal durfte ihm so etwas wie heute nicht passieren. Mit diesem Gedan-ken beruhigte er sein Gewissen, seinen Puls auch und beschloss, endlich nach Hause zu gehen.

Der Leichnam wurde in die Gerichtsmedizin ge-bracht, um eine Autopsie vornehmen zu lassen. Die Leichenstarre hatte bereits in der Praxis eingesetzt und hielt ungewöhnlich lange vor. Aber es wurde keine weitere außergewöhnliche Todesursache fest-gestellt. Der Leichnam wurde zur Bestattung freige-geben. Auf dem Totenschein stand „Plötzlicher Herz-tod".

Kapitel 8

Fortsetzung Seminar in Hannover

„So meine Herren, den vorgesehenen Stoff haben wir jetzt durch. Hat noch jemand Fragen dazu? Gibt es ein Thema, das Sie anschneiden möchten? Ich hoffe, Sie nehmen ein paar Anregungen und Informationen mit. Es ist jetzt 11 Uhr, um 13 Uhr ist Schluss des Seminars. Dann können Sie alle ins Wochenende starten. Also haben wir noch zwei Stunden. Wer hat noch etwas? Wer möchte noch etwas zu dem Thema wissen?" Der Dozent schien froh zu sein, dass er das Seminar ohne größere Probleme hinter sich gebracht hatte.

Kalbfleisch überlegte kurz. Das war die Gelegenheit, mit allen das Thema von gestern Abend zu diskutieren. Jetzt war der Alkoholspiegel wohl so langsam gesunken, sodass jeder einen klaren Kopf hatte. Mal sehen. Er meldete sich.

„Ja, Herr Kommissar Kalbfleisch, was gibt es denn?"

Kalbfleisch lehnte sich in seinem Stuhl zurück. „Ich würde gerne noch etwas wissen. Allerdings hat das nichts mit dem Seminar-Thema zu tun. Wir hatten gestern Abend eine kleine Diskussion in der Kneipe um die Ecke, über ungewöhnlich aufgefundene Tote, also Tote in ungewöhnlichen Posen." Er blickte in die Runde. Die gestern an der Wette beteiligten Kollegen grinsten, die anderen richteten sich im Stuhl auf und wurden wieder aufmerksamer. „Mich würde mal interessieren, ob das echte Fälle waren oder erfundene. Im ersteren Fall hätte ich eine Idee dazu." Gespannt sah er die betreffenden Herren an.

„Na ja, der Karpfen war erfunden." Kostakov grinste und zuckte entschuldigend mit den Schultern. „Also, meiner war echt!" Hansen aus Hamburg wirkte glaubhaft. Mit einem Nicken bestätigten das auch die anderen beiden Kollegen. Dann meldeten sich noch ein paar Kollegen, die sich gestern Abend nicht getraut hatten. Insgesamt lief das wohl auf sechs Fälle hinaus, überschlug Kalbfleisch kurz in Gedanken.

„Worum geht es denn, Herr Kalbfleisch? Worauf wollen Sie hinaus?"

Kalbfleisch erzählte es dem Dozenten. Dann erklärte er seine Idee. „Wenn das wirklich reale Tote waren, die nicht eines natürlichen Todes gestorben sind, man das aber nicht mehr nachweisen kann, dann wird es da vielleicht mehr als nur die paar geben, die meine Kollegen erwähnt haben. Vor allem ja bundesweit, wie es scheint. Vielleicht könnte man doch mit einer speziellen Ermittlungseinheit irgendwann herausbekommen, wie diese Menschen gestorben sind, wie viele es sind und woran sie wirklich gestorben sind. Und vielleicht kann man ähnliche Todesfälle in Zukunft ja verhindern. Wenn wir alle, ich meine alle Abteilungen und Dienststellen bundesweit besonders aufmerksam sind und zusammenarbeiten."

Kalbfleisch sah den Dozenten und seine Kollegen erwartungsvoll an. Erst mal herrschte Stille. Dann meinte Bindermann aus Köln: „Wenn ich geahnt hätte, was man mit einer Wette so alles bewirken kann. Aber eine Idee ist das schon. Nur wie?"

„Wir gründen eine SOKO!" Nieswitz aus Karlsruhe klang ganz überzeugt von seiner Idee. Sander aus Konstanz warf ein: „So einfach geht das nicht, das wissen Sie doch auch! Das müsste eine Dienststellen übergreifende Kommission sein, damit alle davon profitieren können und vor allem, weil alle auch mitmachen müssten. Es braucht aber schon mehr als nur eine Ahnung, um unsere Chefs von der Notwendigkeit einer solchen SOKO zu überzeugen. Und es liegen ja auch keine Fakten vor, oder? Also?"

„Dann müssten wir das eben außerhalb der Dienststellen machen, also mehr privat."

„Aber die Laboruntersuchungsgeräte und die Gerichtsmediziner werden doch benötigt. Und auch das

Intranet. Privat hat man so was doch gar nicht zur Verfügung. Kosten darf es ja bestimmt auch nichts. Oder sehe ich das falsch?"

Kalbfleisch meldete sich zu Wort: „Also ich stimme dem voll und ganz schon zu, über unsere Dienststellen kann das nur dann laufen, wenn ein akuter Fall eingeht, wo auch die Fakten übereinstimmen. Ansonsten, also ich habe da so eine Idee. Mir sind heute Nacht ganz spontan zwei Namen eingefallen. Kennt Ihr meine Vorgängerin noch? Hauptkommissarin Maria Gerstenkorn?"

„Klar kenn ich die noch, ein verrücktes Huhn, immer mit der Stricknadel unterwegs!" Alle lachten, die meisten kannten Maria, ihr Ruf eilte ihr immer noch voraus, obwohl sie schon seit mehr als zwei Jahren in Pension war. Sie hatte einen bleibenden Eindruck hinterlassen. Na, wenn die wüssten, dachte Kalbfleisch, wie sich Maria inzwischen verändert hatte.

„Maria ist seit fast zwei Jahren im Ruhestand, ebenso unser Gerichtsmediziner Emilio Schlotterbeck. Die beiden wohnen übrigens seit dieser Zeit zusammen und sind ein Paar."

Alleine diese Aussage ließ eine lebhafte Diskussion aufflammen, bei der sich alle beteiligten. Jeder wusste etwas über späte Liebe im Alter beizutragen. Alle fanden es prima. Nach 10 Minuten erhob Kalbfleisch, der dazu geschwiegen hatte, wieder seine Stimme. „Ich schlage vor, dass ich die beiden einmal frage, ob sie nicht Lust und Zeit hätten, sich in diese Fälle zu vertiefen und entsprechende Nachforschungen zu betreiben. Inoffiziell könnte man ja Gelnhausen als Sammelstelle für Informationen aus ganz Deutschland nehmen. Vielleicht kann man ja auch eine Homepage oder etwas Ähnliches im Intranet einrichten, auf die die anderen Dienststellen Zugriff hätten und somit auch Informationen einstellen könnten. Das müsste ich mit meiner neuen jungen Kollegin, einem richtigen IT-Genie, mal besprechen. Aber davor müsste ich dann vorher noch meinen Vorgesetzten, Oberstaatsanwalt Dr. Heinemann, überzeugen. Was nicht leicht sein wird. Ihr kennt das ja selbst. Vielleicht kann aber schon mal jeder in seinem Wirkungskreis nachforschen, ob es da in der Vergangenheit noch mehr solcher skurriler Todesfälle gegeben hat. Oder hat jemand eine bessere Idee?"

Ein zustimmendes Raunen ging durch den Raum. Die Kollegen wollten nach Hause. Es war fast 13 Uhr. Mittagessen in der Kantine. Der Dozent meinte: „Ich finde die Idee gut. Jeder gibt Kalbfleisch seine Karte mit Telefonnummer und E-Mail. Sobald er weitere Informationen hat, soll er sich mit Ihnen allen in Verbindung setzen. Meine Herren, damit ist das Seminar erfolgreich abgeschlossen. Ich wünsche allen einen guten Appetit und eine gute Heimreise." Der

Dozent hatte es wohl eilig und wollte scheinbar schnellstmöglich weg.

Gleich darauf hielt Kalbfleisch 15 Visitenkarten in der Hand. Notizen über die angeblich gemordeten Toten hatte er sich schon gestern Abend gemacht, nachdem er wieder in seinem Hotelzimmer war. Danach ging er mit ein paar seiner Kollegen noch zum Essen in die Kantine. Dort wurden nochmals die nächsten Schritte besprochen, eine Stunde später waren alle auf der Heimfahrt.

Kapitel 9 - Spätfrühling

Es war Anfang Mai. Das Wetter spielte total verrückt. Eigentlich sollte ja noch immer Frühling sein. Aber der Sommer scherte sich nicht darum. Er hatte sich für ein frühes Kommen entschieden. Heute würde es wieder sehr heiß werden. Es war fünf Uhr morgens und das Thermometer stand bereits auf über 20 °C. Maria schwang die Beine aus dem Bett und rieb sich die Augen. Sie hörte draußen die Vögel zwitschern und das Wasser in der Dusche rauschen. Aha, Emilio war bereits aufgestanden. Er wollte wieder joggen gehen. Diesmal würde sie ihn begleiten.

Sie lächelte vor sich hin und dachte an ihre wiedergefundene Liebe zu Emilio. Als Studenten damals in Hamburg waren sie schon einmal ein Paar gewesen, dann aber war Emilio nach München gegangen und sie nach Frankfurt. Sie hatten sich aus den Augen verloren. Fünfundzwanzig Jahre später waren sie sich eines Morgens wieder begegnet, in der Gerichtsmedizin in Frankfurt. Die Gefühle von damals waren zwar wieder da, aber sie brauchten etwas Zeit, um sie sich auch wieder einzugestehen und sich ihnen zu stellen. Dann jedoch war alles ganz schnell gegangen. Seit ihrer Pensionierung wohnten sie zusammen und freuten sich jeden Tag über die gemeinsam verbrachte Zeit.

Zwei Stunden später kamen beide durchgeschwitzt und erschöpft zurück. „Das hat richtig gut getan. Ich spring nur schnell noch mal unter die Dusche. Danach kannst du dich ja auch erfrischen. Stell doch schon mal den Kaffee auf." Maria gab Emilio einen zärtlichen, verschwitzten Kuss. Sie machte nicht viele Umstände. Bis sie in der Dusche ankam, hatte sie ihre paar Kleidungsstücke bereits ausgezogen. „OK, ich koch dann schon mal den Kaffee!" Emilio schlenderte zur Küche. Zehn Minuten später war Maria fertig mit Duschen, Kaffeeduft durchzog die Wohnung. Sie las ihre Jogginghose und das T-Shirt auf und steckte beides in die Waschmaschine, zog sich gedankenverloren eine Schürze über und ging in die Küche. Dort hatte Emilio bereits den Frühstückstisch gedeckt. „Ich werde uns heute mal Pfannkuchen backen. Bis du aus der Dusche kommst, sind sie fertig!", meinte sie, drückte Emilio einen nach Zitronen-Duschgel schmeckenden Kuss auf die Lippen und schob ihn in Richtung Badezimmer. Sie holte eine Schüssel und die Teigzutaten für die Pfannkuchen heraus. Kurze Zeit später brutzelte schon der erste Pfannkuchen in der heißen Pfanne und sandte einen verführerischen Duft durch die Wohnung. Emilio stand im Türrahmen, rubbelte seine nassen Haare mit einem Handtuch trocken und schaute auf das Bild, das ihm sich in der Küche bot. Maria wirbelte am Herd herum, eine Schürze mit

Latz umgebunden – und sonst nichts darunter. Die Schürzenbänder wellten sich verführerisch über ihrem nackten Po, wehten mit jeder Bewegung zart darüber, so als wollten sie nicht zu viel auf sich aufmerksam machen. „Ob ich auch noch so knackig von hinten aussehe? Ich muss sie unbedingt mal danach fragen, nicht dass ich eitel wäre!", dachte Emilio, als er Maria grinsend betrachtete. Er konnte nicht anders, er ließ das Handtuch auf die Stuhllehne fallen, nackt wie er gerade aus der Dusche gekommen war, schlich er sich lautlos zum Herd und schob seine beiden Hände vorne unter der Schürze um Marias nackten und warmen Busen.

„Aaahh… - kalt, verdammt, du bist eisekalt, du hast eiskalt geduscht!" Ein Aufschrei ging durch die Küche. Blitzschnell schaltete Maria den Herd ab, mit einer Geschwindigkeit, die man ihr sonst nicht zugetraut hätte, wirbelte sie herum und hielt den Kochlöffel an Emilios Hals. Er war genauso schnell mit seinen Händen über ihren Rücken nach unten auf ihren Po gewandert. „Du schleichst lautloser als ein Indianer herum, weißt du das? Lautlos und eiskalt – da kann man ja einen Herzkasper bekommen!" Bei diesen Worten glitt der Kochlöffel mit ein wenig mehr Druck ganz langsam an seinem Hals entlang, über seinen nackten Bauch weiter nach unten, wo er dann irgendwie irgendwo hängenblieb. „Emilio, wie kannst du nur – wenn uns jemand sieht!" Maria kicherte wie in ihren Teenagerzeiten, ließ sich aber widerspruchslos von ihm dicht an die Wand drücken und küssen. Der Kuss zog sich hinaus, der Kochlöffel fiel zur Erde, ihre Hände lagen auf seinem nackten verlängerten Rücken und sie folgte Emilio, der sie immer noch festhielt und ohne mit dem Küssen aufzuhören mit ihr langsam rückwärts ins Schlafzimmer ging.

Als sie nach einer halben Stunde wieder in die Küche kamen, sichtlich erhitzt und immer noch nicht weiter angezogen, waren die Pfannkuchen kalt. Aber es war noch etwas Teig übrig und Maria, die Schürze wieder umgebunden, war gerade dabei, den restlichen Pfannkuchenteig zu verbacken, als es an der Tür klingelte. Emilio wollte zur Tür gehen, aber Maria konnte ihn gerade noch aufhalten. „Halt, zieh dir erst was über. Das ist bestimmt die Post." Er sah an sich herunter, sah, dass er noch immer nackt war, griff dann mit einem Schulterzucken zu einer kleinen Schürze, die an einem Haken an der Küchentür hing und band sie sich grinsend um den Bauch. Inzwischen aber war Maria, völlig vergessend, dass auch sie nur eine Schürze mit Latz trug und sonst nichts, bereits an der Wohnungstür und öffnete sie.

Zuerst war sie kurz sprachlos, sie hatte die Postbotin erwartet, dann aber fasste sie sich schnell und drehte ihren Rücken zum geöffneten Türblatt. Sie spürte ihren nackten Hintern am kalten Holz und begrüßte laut ihren unerwarteten Besucher. „Bubi, das ist aber eine Überraschung. Dass du uns Rentner mal besuchst, find ich toll. Komm doch rein. Möchtest du einen Kaffee? Wir sind gerade erst aus der Dusche gefallen!" Damit hielt sie ihm zur Begrüßung die Hand hin. „Emilio, schau, wer uns besucht. Unser Bubi." Hans Kalbfleisch, ein Kollege von Maria aus ihrer Zeit bei der Kripo in Gelnhausen, stand in der Tür. Sprachlos. Völlig verdattert versuchte er, überall hinzusehen, nur nicht auf die halbnackt in der Tür stehende Maria. Er schüttelte ihre Hand und ging leicht benommen hinein. Maria schloss die Tür und folgte ihm lächelnd in die Küche. Dort stand Emilio, grinsend, völlig regungslos, mit einer kleinen Schürze bekleidet, mit sonst nichts. Maria sah ihn an und schaltete sofort. Gerade noch rechtzeitig war ihr aufgegangen, dass nicht nur Emilio, sondern auch sie selbst nicht viel anhatte. „Wir sind gerade erst aufgestanden, als Rentner darf man das. Komm, Bubi, setz dich doch schon mal an den Esstisch hier in der Küche, wir ziehen uns nur schnell was über." Damit ging sie rückwärts aus der Tür, schob sich rückwärts vor Emilio, ihn damit vor sich her den Flur entlang und verschwand mit ihm blitzschnell im Schlafzimmer. Als sie dort die Tür schloss, sahen sich beide an und lachten lauthals heraus. „Mein Gott, was muss der Kleine sich nur denken. Wir beide nur mit einer

Schürze bekleidet, hoffentlich hat er uns nicht zu lange von hinten gesehen. Das war ihm sichtlich peinlich." Immer noch lachend zog Emilio seine Maria kurz an sich, drückte ihr einen dicken Kuss auf und griff dann nach seiner Hose. Zwei Minuten später waren beide mit T-Shirts und Bermudas bekleidet und wieder draußen in der Küche.

Hans Kalbfleisch traute sich kaum, den beiden in die Augen zu sehen. Immerhin hatte er kurz etwas Nacktes unter der Schürze blitzen sehen, bei beiden. Es schien ihnen überhaupt nicht peinlich zu sein. Als er sie dann doch ansah, konnte er sich aber ein amüsiertes Grinsen nicht verkneifen. Beide lachten ihn an. „Ja, Du weißt, wir haben unsere Liebe zueinander wieder entdeckt, mein Lieber, und leben sie jede Minute aus! Die Zeit vergeht so schnell, das muss man doch nutzen." Emilio grinste ihn an und setzte sich zu ihm an den gedeckten Tisch. „Greif zu, mein Lieber, es sind genug Pfannkuchen für alle da. Allerdings sind die meisten schon kalt. Uns ist kurz etwas dazwischen gekommen." Bei diesen Worten blickte Maria liebevoll, amüsiert und mit leicht geröteten Wangen auf Emilio. Sie wuschelte ihm durch die Haare und schenkte dann jedem eine Tasse Kaffee ein, bevor sie sich auch setzte. „So, und nun erzähl uns doch mal, wie es dir so geht und was dich herführt."

„Ja, also, mir geht es gut. Letztes Jahr bin ich befördert worden und bin jetzt Leiter der Kriminalpolizei in Gelnhausen. So spektakuläre Fälle wie die Eisleiche von Orb haben wir bisher allerdings nicht mehr gehabt. Kleinere Delikte schon eher, manchmal ganz schön viele. Ach ja, und ich habe eine Assistentin zugeteilt bekommen, frisch von der Polizei-Schule, aus Bayern. Die würde Dir gefallen, Maria. Flippig, frech, bunt, aber absolut nicht auf den Kopf gefallen. Und ein Ass auf dem IT-Gebiet.

Die Arbeit macht mir immer noch sehr viel Spaß, gerade komme ich von einer länderübergreifenden Konferenz und Fortbildung aus Hannover. Dort konnte ich mit vielen Kollegen aus den anderen Bundesländer sprechen und da gibt es etwas, das zuerst mich und dann uns alle ein bisschen beunruhigt hat und deswegen ich jetzt hier bin."

„Du machst uns neugierig. Erzähl schon."

„Ja, also, an unserem vorletzten Tag haben wir in einer Kneipe abends so ganz gemütlich zusammen gesessen, den Abschluss gefeiert und das eine oder andere Bierchen getrunken. Die Stimmung war bei einigen etwas mehr als angeheitert und da kam es dann zu einer Wette, irgendwie, über die ungewöhnlichsten Tatorte und Todesarten. Da meinte doch der Baumann aus Münster, er hätte da einen Toten gehabt, der mitten in der Bewegung eingefroren war, ohne zusammenzusacken. Gerade, als er etwas vom Boden aufheben wollte. Laut Gerichtsmedizin plötzlicher natürlicher Herztod. Dann kam der Kollege Ratemal aus München mit einem ähnlich skurrilen Fall, der Kostakov aus Berlin hat nachgeschoben und ein paar weitere hatten ähnliche Todesfälle zu klären gehabt. Immer war nur Herzversagen festgestellt worden. Es gab also scheinbar in ganz Deutschland in den letzten Monaten, vielleicht sogar schon seit mehr als einem halben Jahr, immer wieder solche ungewöhnlichen Todesfälle, die allerdings nicht als ungewöhnlich erkannt wurden. Die Leichenstarre setzt sofort mit dem eintretenden Tod ein und verschwindet erst nach einem oder zwei Tagen, manchmal dauert es auch etwas länger. Jedes Mal stellen die Ärzte, und das ein oder andere Mal auch die Gerichtsmediziner nach einer Autopsie, immer wieder nur natürliches Herzversagen bzw. plötzlichen Herztod fest.

Bei keiner der Untersuchungen konnte etwas anderes gefunden werden. Manchmal war halt nur so ein unterschwelliges Unbehagen bei den untersuchenden Gerichtsmedizinern und Pathologen. Vor allem spielte dabei eines eine große Rolle: Die Toten wurden an nicht ganz normalen oder manchmal auch total ungewöhnlichen Plätzen gefunden, auf einer Bank, im Konzertsaal, meistens in der Öffentlichkeit. Und immer schien es, als wären sie mitten in einer Bewegung gestorben, praktisch von jetzt auf nachher erstarrt. Nun ja, die meisten Menschen sterben zwar nun mal eines natürlichen Todes, und oft zu Hause, im Bett, dort fragt ja auch keiner nach. Aber keiner wird dabei so ein außergewöhnliches Erscheinungsbild bieten, und bei keiner der Befragungen hat man Zeugen gefunden, die etwas Nützliches zu einer anderen Tötungsart beitragen konnten. Höchstwahrscheinlich wurde meistens nicht mal die Kripo gerufen. Wer weiß, wie viele dieser Toten sonst noch zusammenkommen würden. Fast die Hälfte meiner Kollegen, also von den teilnehmenden 15 waren es vielleicht sechs bei dieser Veranstaltung, die mit mir gesprochen haben, und jeder davon konnte mindestens einmal etwas von einer solch seltsamen Auffindung erzählen. Aber, wie gesagt, immer deutete alles auf einen natürlichen Tod hin. Deswegen gab es nur zweimal eine Autopsie, ohne Ergebnis. Trotzdem – mein Bauch sagt mir, dass da etwas nicht stimmen kann, dass das höchst ungewöhnlich ist. Diese sofortige Leichenstarre, in so skurrilen Posen! Ich frage Dich nun, Emilio, gibt es so etwas wirklich oder ist das nur ein Hirngespinst beim bierseligen Besäufnis?"

Emilio sah den Kommissar nachdenklich an. Maria und er hatten während dem Vortrag von Kalbfleisch geschwiegen und nur zugehört. Emilio strich sich

Marmelade auf seinen Pfannkuchen und schnitt ein Stück ab, das er sich genießerisch in den Mund steckte und kaute. „Interessant! Also, wenn die Leiche noch ganz frisch ist, damit man umgehend die Autopsie und Laboruntersuchungen machen kann, dann könnte vielleicht ja doch ein Anhaltspunkt für deine Behauptung herauskommen, und wenn er noch so winzig ist. Allerdings müsste man unmittelbar nach Eintritt des Todes, sozusagen solange die Leiche praktisch noch warm ist, die Autopsie und die entsprechenden Untersuchungen vornehmen. Es gibt zwar theoretisch wirklich solche plötzlich auftretende Leichenstarren, d.h. unmittelbar nach Eintreten des Todes, aber praktisch wurde noch keine unnatürliche Todesart dabei nachgewiesen. Doch auch der Bauch kann sich manchmal irren, das weißt Du auch."

„Es wurden aber wirklich keine Zeugen, keine Indizien, nichts, absolut gar nichts gefunden. Und es steht ja auf der anderen Seite auch nicht fest, wie viele Tote auf diese Art gestorben sind, und ob überhaupt natürlich oder nicht. Wie denn auch?" Kalbfleisch hörte sich irgendwie verzweifelt an. Ein Fürsprecher der Toten, dachte Maria.

„Und was können wir da tun? Wie können wir dir dabei helfen?" Maria schob ihren Teller weg und griff nach der Kaffeekanne. Sie schenkte die Tassen noch einmal ein und stand auf. „Ich stell mal die Klimaanlage an. Es wird langsam zu heiß."

„Nun ja, das war so eine Idee von mir, ich dachte, vielleicht könntet Ihr mir ja helfen, mit zu ermitteln, quasi als zivile Helfer, oder so. Es wäre eine zeitaufwendige Ermittlungs- und Nachforschungsarbeit und wir haben im Moment eine Menge anderer Fälle zu klären. Diebstähle vor allem. Außerdem müsste ich erst mal meinen Vorgesetzten fragen, Oberstaatsanwalt Heinemann. Ihr kennt ihn ja. Er müsste das alles genehmigen. Ohne seine Genehmigung können wir in der Dienststelle, oder auch außerhalb, gar nichts tun. Und ich bin sicher, dass er uns nicht erlauben wird, in diesen doch obskuren Todesfällen zu ermitteln, so ganz ohne Beweise. Wenn Ihr das allerdings übernehmen würdet, wäre das vielleicht was anderes. Vielleicht irgendwie Nachforschungen anstellen, deutschlandweit?" Kalbfleisch hatte die letzten Sätze fast schon flehentlich, bittend, in den Raum gestellt.

Maria erhob sich und stellte im Flur die Klimaanlage an. Der kühle Luftzug machte sich sofort bemerkbar. Dann stand sie in der Tür und meinte: „Wir könnten dir zwar helfen, aber so einfach ist das nicht. Wir sind ja nicht mehr im Dienst, wie du weißt. Der Oberstaatsanwalt Dr. Heinemann müsste uns offiziell beauftragen. Und das, mein lieber Bubi, ist fast so gut wie unmöglich. Du kennst ihn ja. Und dann die ganze Bürokratie. Obwohl, wir haben ja jetzt eine Lizenz als Privatdetektive. Irgendwer müsste uns da schon beauftragen. Trotzdem, vielleicht könnte ich ja mal – also, ich hab bei Heinemännchen noch einen Gefallen offen. Ich werde in den nächsten Tagen mal bei ihm vorbeischauen. Vielleicht bring ich ihm auch etwas aus meinem Strickkorb mit." Bei diesem Gedanken grinste sie hinterhältig. Sie wusste genau, dass der Oberstaatsanwalt nicht so auf Gestricktem stand, aber auch so was von gar nicht.

„Nun gut, ich werde morgen mal deswegen bei ihm vorstellig werden, ihm alles schildern und Eure Namen in den Ring werfen. Vielleicht könnten wir ja sogar eine SOKO gründen." HK Kalbfleisch war auf einmal sehr zuversichtlich und erleichtert.

„So, wie es aussieht -", spekulierte Emilio, ohne in seinen Gedanken diese unwichtige Kleinigkeit einer SOKO zu beachten, „kann ich erst dann tätig werden, wenn hier in deinem Tätigkeitsgebiet ein Toter gemeldet wird, der genau auf diese Art und Weise gestorben ist. Und zwar muss ich, wie schon gesagt, kurz nach Eintreten des Todes die Person auf dem Seziertisch in der Gerichtsmedizin haben. Und kurz bedeutet wirklich innerhalb von einer, nein sagen wir spätestens einer halben Stunde nach dem Exitus, was eigentlich schon unmöglich ist, vom Zeitablauf her gesehen. Dazu das gesamte Labor-Spektrum und das ganze Team für die Untersuchungen. Wenn wir dann zusammen nichts feststellen, wirst du dich wohl oder übel mit der natürlichen Todesart abfinden müssen. Wenn ich so darüber nachdenke, könnte da eigentlich nur Gift im Spiel sein. Irgendwas Fieses, noch Unbekanntes. Interessant! Aber – ja, ich bzw. wir werden dir helfen, wenn wir dürfen." Dabei sah er Maria um Beistand heischend mit großen Augen an.

Maria lachte, strich ihm zärtlich über die Haare. Sie wusste, dass Emilio, genau wie ihr selbst, manchmal die Arbeit fehlte, und so stimmte sie ihm zu. Dann war sie in Gedanken schon mitten in der Ermittlungsarbeit. „Wenn wir grünes Licht von Heinemann bekommen, könnten wir als Erstes mit Deinen anderen Kollegen, die Dir von diesen Fällen erzählt haben, Kontakt aufnehmen und mit denen sprechen. Eine Liste mit Namen und Dienststellen wäre hilfreich. D.h. einfach die Seminarteilnehmer mit Adressen. Die Liste mache ich schon selbst. Vielleicht kannst Du sie ja mit an Bord holen und damit auch bei Heinemann punkten. Hatte ich schon erwähnt, dass wir vor zwei Wochen unsere Genehmigung und Ausweise als Privatdetektive erhalten haben? Ja, hatte ich wohl. Wir könnten jetzt ganz offiziell privat ermitteln!" Maria grinste spitzbübisch, es hörte sich einfach zu gut an, um es nicht mehrmals zu erwähnen.

Hans Kalbfleisch konnte sich nur wundern. Wo war nur die verschrobene Maria Gerstenkorn geblieben, die er damals im Amt kennen- und schätzen gelernt hatte? Manchmal hatte sie sich wie eine Mutter um ihn gekümmert. Das hier jetzt war eine völlig andere Person. Emilio sei Dank. Nach drei Stunden verabschiedete er sich von Maria und Emilio und wagte sich wieder in die Hitze der Stadt.

Kapitel 10

Als HK Kalbfleisch ins Revier zurückkehrte, erinnerte er sich daran, dass er ja jetzt eine neue junge Kollegin hatte, Franziska Bommerl hieß sie, war 25 Jahre alt und stammte aus Bayern. War sozusagen seine Assistentin, direkt von der Schule. Er schüttelte sich kurz vor der Tür, als er an das Bild bei ihrer Vorstellung dachte. Lila und blau gefärbte kurze Haare, die kreuz und quer vom Kopf abstanden, Lederjacke, Knobelbecher an den Füßen und Löcher in den Jeans, aber mit einem erstklassigen Zeugnis und besten Empfehlungen von der Polizeischule. Aber diese Aufmachung von ihr, kein Wunder, dass sie in Bayern Schwierigkeiten gehabt hatte, eine Stelle zu finden. Oh, so etwas sollte er nicht einmal denken. Franzi war schon in Ordnung. Auch wenn ihre Bekleidung manchmal total daneben war.

Erscheinungsmäßig also das genaue Gegenteil von ihm selbst. Er legte schon immer großen Wert auf eine angemessene, elegante Kleidung, Anzug, Krawatte, Mantel, alles farblich zueinander passend. Er würde auch nie, so dachte er bei sich, nie halb nackt in seiner Wohnung rumlaufen. Wie vorhin die beiden. Maria war immer so etwas wie ein mütterliches Vorbild für ihn gewesen. Aber welches Kind will schon seine Mutter beim Liebesspiel halb nackt in der Küche sehen, nur mit einer Schürze bekleidet.

Ob die beiden gedacht hatten, er wäre blind? Und taub?

„Hey, krass, haben Sie ihre Mutter wirklich nackt beim Sex in der Küche erwischt?" Dieser Satz brachte Kalbfleisch wieder zur Besinnung. Ihm war gar nicht bewusst gewesen, dass er den letzten Satz beim Öffnen der Tür gerade laut ausgesprochen hatte. Es war ihm äußerst unangenehm und sichtlich peinlich. Eine leichte Röte überzog sein Gesicht, und die kam nicht von der Hitze draußen. Betont langsam zog er seine Anzugjacke aus und stellte sich zur Abkühlung vor den Ventilator. „Nein, ich habe gerade meine frühere Chefin, Maria Gerstenkorn, besucht. Sie wohnt mit dem ehemaligen Gerichtsmediziner, Emilio Schlotterbeck, zusammen. Die beiden waren in ihrer Studentenzeit liiert und sind seit ihrer Pensionierung wieder ein Paar und schwer verliebt."

„Cool – och, das ist ja soo süüüss! Ich find das toll, wenn zwei alte Leute noch rumknutschen und Händchen halten."

„Sagen Sie das mit den alten Leuten nicht in deren Gegenwart. So jung, wie die jetzt aussehen und sich benehmen, waren die hier im Dienst nie. Aber jetzt genug davon. Wir bekommen von den beiden vielleicht Unterstützung bei diesen geheimnisvollen „natürlichen" Toten. Ich habe Ihnen doch am Montag davon erzählt. Wenn, dann werden sie uns helfen, die zeitaufwendigen Ermittlungsarbeiten am Computer bzw. Internet, Telefon und vor Ort voranzutreiben, wenn wir, wie es ja im Moment aussieht, keine Zeit dafür haben. Schließlich warten noch einige andere richtige und wichtigere Fälle auf uns. Also, wie sieht es denn aus mit ...?"

Hans Kalbfleisch fragte seine Assistentin nach den verschiedenen Untersuchungsergebnissen der vakanten aktuellen Fälle ab und notierte sich die Fakten. Da gab es einen Einbruch in Freigericht, einen Tankstellenüberfall in Langenselbold, die versuchte Sprengung eines Kassenautomaten in der letzten Nacht hier vor Ort, der noch protokolliert werden musste und noch so einige andere kleinere Delikte, die sich in der letzten Woche doch gehäuft hatten, als er auf der Konferenz in Hannover war.

„Ja, Herr Kollege, kaum sind Sie mal aus dem Haus, schon ist hier der Teufel los."

„Frau Bommerl, vielleicht sollten wir uns jetzt mal ernsthaft den Akten widmen."

Frau Franziska Bommerl, bei diesem Namen musste man sich ja etwas Krasses mit seinem Outfit einfallen lassen, grinste, zuckte mit den Schultern und vertiefte sich schweigend in die auf ihrem Schreibtisch liegenden Akten.

Kurz vor Feierabend. HK Kalbfleisch seufzte, dann nahm er seinen ganzen Mut zusammen, rief den Oberstaatsanwalt Dr. Heinemann an und bat um einen kurzfristigen Termin für den nächsten Tag zwecks einer wichtigen Angelegenheit. Der OS war unterwegs, wie seine Sekretärin ihm umständlich mitteilte, aber er bekam einen Termin für den nächsten Tag, spät am Nachmittag, also kurz vor Feierabend.

Am nächsten Morgen war er schon früh im Büro und stellte eine Liste seiner externen Kollegen zusammen, einmal für den OS, dann aber auch mit den entsprechenden Visitenkarten für Maria und Emilio, falls sie denn helfen durften. Spät nachmittags war er pünktlich beim Oberstaatsanwalt und erklärte seinem Vorgesetzten Dr. Heinemann detailliert die Situation. Als er von den „natürlichen Todesursachen" und den in skurrilen Posen aufgefundenen Toten erzählte, fragte OS Heinemann mit zusammengebissenen Zähnen: „Gibt es dafür Beweise? Fakten?" Man konnte seinen zusammengekniffenen Augen und seinem schmalen Mund ansehen, dass er diese Unterhaltung für bloße Zeitverschwendung hielt. Jedes weitere Wort würde seine Wut nur noch mehr anschwellen lassen.

„Nein, aber mein Bauchgefühl sagt mir, dass da etwas nicht stimmen kann." Zaghaft hatte Kalbfleisch die Worte in den Raum gestellt. „Ich dachte, wir könnten eventuell eine SOKO ….“

Er hatte nur das Wort ausgesprochen, weiter kam er nicht, da erhob sich OS Heinemann mit rotem Gesicht langsam, kam aus seinem Stuhl hoch, stützte sich mit beiden Händen auf den Schreibtisch ab, beugte sich zu ihm hinüber und brüllte Kalbfleisch an: „Sind Sie noch ganz bei Sinnen? Sind wir hier im Zirkus oder so was? Das können Sie sich abschminken. Wir ermitteln doch nicht aus einem Bauchgefühl heraus. Keinen Pfennig werden Sie von mir dafür bekommen!“

„Cent!“ Zaghafter, leiser Einwurf.

„Was? Machen Sie sich über mich lustig? Nein? Nein!! Und nochmals nein! Und sprechen Sie mich nicht noch einmal auf diese Sache an. Nur Fakten zählen, das wissen Sie genau! Fakten! Wenn Sie mir Fakten auf den Tisch legen können, dann könnten wir eventuell nochmal darüber reden. Aber so nicht!“ Langsam, ganz langsam ging seine Wut zurück und er setzte sich wieder genauso langsam in seinen Stuhl.

Nun, Kalbfleisch wusste ja, dass OS Heinemann ein Choleriker war. Allerdings hatte er ihn heute zum ersten Mal so richtig in Aktion gesehen. Er nahm seinen ganzen Mut zusammen und erlaubte sich ganz vorsichtig die Frage: „Könnten wir vielleicht die Nachforschungen an Privatdetektive weitergeben? Inoffiziell?"

Inzwischen saß der OS wieder auf seinem Stuhl, atmete ein paar Mal gut durch und hatte sich danach wieder etwas beruhigt. Er kannte seinen Hauptkommissar gut genug, um zu wissen, dass er nicht ohne Grund bei ihm vorgesprochen hatte. „Sie haben doch nicht etwa an Gerstenkorn und Schlotterbeck gedacht?" Kalbfleisch nickte zaghaft. Heinemann atmete nochmals tief durch und sah seinen Untergebenen lange nachdenklich an. „Also gut, aber wie gesagt, keinen Cent gibt es dafür. Und wehe, ich sehe auch nur eine einzige Minute dafür auf den Stundenzetteln. Und jetzt habe ich zu tun." Damit war Kalbfleisch entlassen.

Als er draußen vor der Tür stand, stieß er erst mal einen tiefen Seufzer der Erleichterung aus. Heinemann konnte schon furchteinflößend sein. Allerdings hatte er, Hans Kalbfleisch, doch einen kleinen Erfolg erringen können. Es war ihm gelungen, nicht ganz so, wie er das gedacht hatte, aber immerhin, Maria und Emilio durften ermitteln. Und was er selbst nach Feierabend machte, war alleine seine Angelegenheit.

Vielleicht hatte ja auch der vorangegangene Besuch heute Vormittag von Maria Gerstenkorn bei Dr.

Heinemann den Ausschlag gegeben. Und vielleicht wollte der Oberstaatsanwalt nicht riskieren, nochmal so ein hässliches gestricktes Blumenkübel-Überziehdingsbums von Maria mitgebracht zu bekommen. Es war nach ihrem Besuch sofort in der hintersten Schublade verschwunden. Das hatte der OS ihm kurz noch hinterher gerufen, als er schon an der Tür war. Kalbfleisch grinste vor sich hin und ging in sein Büro.

Kapitel 11 – Ermittlungen

Als HK Kalbfleisch in seinem Büro ankam, rief er als erstes Maria und Emilio an. „Der OS hat grünes Licht gegeben, ihr dürft ermitteln. Allerdings ist die Polizei außen vor. Offiziell."

„Komm doch einfach mit deiner Assistentin heute Abend vorbei. Bei dem schönen Wetter können wir auf der Dachterrasse sitzen, grillen, ein Bierchen trinken und alles besprechen. Ist acht Uhr OK?"

„Ja, das ist OK, aber ich bringe das Bier mit!"

„Einverstanden, wir bereiten schon mal alles vor." Emilio freute sich über diese Nachricht. Maria hatte schon heute Morgen angefangen, über eine eventuelle Vorgehensweise nachzudenken und schon mal Listen auf einem Schreibblock anzulegen. „Maria, Bubi hat gute Nachrichten. Wir können anfangen!" rief er durch die Wohnung. Wo war sie nur? Er ging auf die Suche. Im Schlafzimmer wurde er fündig. Maria steckte mit dem Kopf voran tief in ihrem Kleiderschrank und wühlte in ihren alten Sachen. „Ha, ich hab's!" Sie tauchte aus den Tiefen ihres Schrankes auf und hielt etwas Blaugraugrünes in der Hand. Emilio wurde blass.

„Du willst doch nicht etwa diese Klamotten wieder anziehen? Ich dachte, darüber wärst du hinaus? Du hast es mir versprochen! Ich war der Meinung, du hättest das alles weggeworfen?"

„Aber warum denn? Ich werfe so was doch nicht weg. Das war eine Heidenarbeit. Und das war schließlich meine Arbeitskleidung, darin kennen mich doch alle." Dabei hielt Maria schmunzelnd ihren selbstgestrickten Mantel hoch. Graugrün, formlos.

„Nein, kommt gar nicht in Frage, bei aller Liebe, nur über meine Leiche. Du übertreibst. Außerdem ist es viel zu warm draußen, wir haben doch immer noch Hochsommer. Da kriegst du einen Hitzschlag drin. Und wir wollen heute Abend mit Bubi und Franzi grillen. Dabei können wir dann die nächsten Arbeitsschritte besprechen. Wenn du das alles wirklich aufheben willst, dann lass um Gottes Willen dieses Monstrum und seine verstrickten Geschwister in den Tiefen von deinem Schrank liegen, sonst machen die beiden vor lauter Horror auf der Stelle kehrt und du siehst sie nie wieder. Zieh mir zuliebe bitte das fliederfarbene Blumenkleid an. Damit siehst du wirklich zum Anbeißen aus!" Emilio drückte ihr einen Kuss auf die Wangen und ging hinaus. Es war nicht zu übersehen, er wusste genau, wie er Maria manipulieren konnte; nun, er schmunzelte vor sich hin, das hieß, solange sie es nicht merkte.

Diesem Argument mochte sich Maria nicht widersetzen. Emilio hatte recht, wie immer. Das Gestrickte verschwand wieder tief hinten im Schrank.

Pünktlich um acht standen Kalbfleisch und Bommerl vor der Tür, jeder mit einem Sixpack bewaffnet. Maria ließ sie herein. „Emilio hat schon den Grill angeworfen. Geht nur durch." Draußen auf der Dachterrasse stand Emilio, eine Schürze umgebunden, am Grill. Grinsend drehte er sich um, schaute kurz mit lachenden Augen zu Kalbfleisch. Der wusste genau, was Emilio gerade dachte – nämlich an seinen Besuch vor ein paar Tagen hier. Emilio und Maria halb nackt nur mit Schürze um den Bauch. Heute war er Gott sei Dank darunter bekleidet, mit Shorts und T-Shirt. Maria trug ein schickes buntes Sommerkleid. Trotzdem überzog eine leichte Verlegenheitsröte kurz das Gesicht von HK Kalbfleisch, als er einen ersten Blick auf die Beiden warf. Ihm stand das Bild von seinem Überraschungsbesuch noch zu deutlich vor Augen.

„So, ich hoffe, ihr habt ordentlich Hunger mitgebracht. Nach dem Essen werden wir dann über unser weiteres Vorgehen sprechen. Aber erst mal gibt es was zu essen, bitte bedient euch." Maria reichte die Fleischplatte mit den dampfenden gegrillten Steaks und die Salatschüssel herum. Brot und Dips standen auf dem Tisch.

„Wenn wir das alles aufessen sollen, sind wir morgen früh noch hier." Franzi sprach mit vollem Mund, es schmeckte ihr offensichtlich.

Nach der ersten Runde wurde aber dann doch schon mal über die von Maria angelegten Listen gesprochen. Am Ende des Abends hatten sie die ungefähren Schritte der Ermittlungen festgelegt. Zusammen gingen sie die Punkte nochmal durch:

Erst einmal würden Emilio und Maria alle bisher bekannten Todesfälle mit diesem skurrilen, unerklärlichen Starrkrampf in Erfahrung bringen, welche Auffälligkeiten, irgendwelche übereinstimmende Inhalte der Taschen, etc. Kalbfleisch hatte dazu auch die ihm von seinen Kollegen auf dem Seminar in Hannover gegebenen Visitenkarten mitgebracht. Dazu noch die Adressen einiger anderer Dienststellen in Hessen mit Telefonnummern und Ansprechpartnern, soweit sie ihm bekannt waren. Die bundesweiten Dienststellen könnten über die Polizeipräsidien in Erfahrung gebracht werden. Alles wollte Maria in einer übersichtlichen Liste erfassen.

Bommerl sollte eine Homepage für Gerstenkorn einrichten, die auf Intranet von den betroffenen Dienststellen und allen anderen auch benutzt werden konnte, um neue merkwürdige Todesfälle einzustellen und sich über den derzeitigen Ermittlungsstand zu informieren.

Emilio erhielt die Erlaubnis, in der hiesigen Gerichtsmedizin mitzuarbeiten, falls hier im Bereich der Dienststelle Gelnhausen ein derartiger Todesfall auftreten würde.

Maria würde die Liste der bekannten Todesfälle immer aktualisieren, mit Kurzangaben, die ihr von den jeweiligen Dienststellen aufgegeben wurden, falls diese das nicht selbst erledigen konnten.

Schlotterbeck warf noch ein: „Ich werde mich mal mit einem Spezialisten, einem ehemaligen Studienkollegen, mit dem ich einen guten Kontakt habe, kurzschließen, er arbeitet jetzt am Tropeninstitut in Hamburg, und ihn fragen, welche exotischen oder auch anderen Gifte es mit dieser Starrkrampf- Wirkung überhaupt gibt. Es muss einfach ein spezielles Gift sein, das scheint mir absolut klar. Wir bräuchten aber irgendeinen Hinweis, dass hier Gift verwendet wurde, eine Spritze, ein Fläschchen, irgendetwas, das darauf hinweist. Parallel dazu mache ich mich natürlich auch über das Internet noch schlauer. Übrigens, falls ihr es noch nicht wisst, die Leichenstarre setzt normalerweise ca. 2 Stunden nach dem Exitus ein und kann bis zu 72 Stunden andauern. Sie kann auch früher einsetzen bzw. sofort im Moment des

Todes, z.B. wenn eine Verletzung am Hirnstamm, im Nucleus-ruber-Bereich vorliegt. Das nennt man dann „Kataleptische Todesstarre". Eine Totenstarre, die den menschlichen Körper schlagartig in der dem Tod unmittelbar vorangegangenen Stellung hält. Aber es sieht nicht so aus, als wäre das die Ursache dieser plötzlichen Tode, oder doch? Außerdem ist so ein Todesfall noch nie wirklich nachgewiesen worden. Irgendwie bizarr, aber interessant ist das schon. Das Thema muss ich unbedingt in den nächsten Tagen noch mit meiner Nachfolgerin, Frau Dr. Julia Schopps diskutieren. Soweit ich mich erinnere, hat sie für ihre Doktorarbeit auch in dieser Richtung geforscht."

„Nun bombardier uns hier nicht mit deinen lateinischen Ausdrücken. Sonst brauchen wir noch einen Übersetzer, oder so." Maria gab sich kurz mal ein bisschen empfindlich, auch wenn sie dabei leicht schmunzelte.

Franziska Bommerl hatte sich während der ganzen Diskussion mit ihrem Laptop in eine Ecke der Dachterrasse gesetzt und eifrig auf den Tasten herumgetippt. „So, das hätten wir! Hier ist schon mal der Entwurf einer Homepage. Morgen nach Feierabend komme ich wieder vorbei. Dann übertrage ich den Entwurf auf euren Computer und bringe die entsprechende Arbeitsanleitung mit. Mit Benutzername und Kennwort werden sich dann auch die bereits zusammengetragenen Dienststellen ohne Probleme einloggen können. Damit dürfte es möglich sein, die Suche und Eingaben deutschlandweit zu betreiben. Ihr müsst nur noch alle Daten ins Intranet eingeben und schon weiß jede Dienststelle Bescheid."

„Prima, das ging aber schnell!" Maria war beeindruckt. „Kannst Du mir das dann alles erklären und zeigen, wie das so geht? Ich bin nicht gerade besonders fit, was Computer betrifft. Aber mit Anleitung kann ich das auch noch in meinem Alter lernen, glaube ich!" Maria kokettierte mal wieder mit ihrem Alter, dachte Emilio, als er sie hörte. Als ob sie das nötig hätte, sie war am Computer besser als er selbst. „Mal sehen, wie viele Rückmeldungen wir bekommen. Ob das wirklich so leicht und schnell geht?" Maria war skeptisch. Aber dann fiel ihr noch etwas ein.

„Das hätte ich doch glatt vergessen. Stellt euch vor, mein Zahnarzt hat mir vorgestern erzählt, dass vor einigen Monaten eine Patientin ganz plötzlich, so von jetzt auf nachher, in seinem Behandlungszimmer gestorben ist, einfach so, als sie auf ihn gewartet hat. Und er hatte sich nur geringfügig verspätet, weil die Zähne des Kindes, das er behandelt hat, mehr Löcher aufwiesen, als geahnt und der kleine Racker sich mit Händen und Füßen gegen eine weitere Behandlung gewehrt hatte. Ansonsten wäre sie ihm unter den

Händen weg gestorben. Sagte mein Zahnarzt. Er meinte auch, dass sie schon nach kurzer Zeit total steif gewesen sei, d.h. als er sie dann fand. Ich habe ihn gebeten, mir den Namen und die Adresse der Patientin zu geben, dazu den Arzt, der den Totenschein ausgestellt hatte und die Info, ob eine Autopsie gemacht worden war. Vielleicht gehört sie ja auch zu dieser Reihe. Zuerst hat er sich geweigert, aber als ich dann von weiteren Toten mit diesem Erscheinungsbild sprach, hat er sich erweichen lassen!"

Alle vier waren von der ganzen Thematik total fasziniert. Die Diskussion über die verschiedenen Todesursachen dauerte endlos lange. Alles eben aber nur Spekulationen. Es war kurz vor Mitternacht, als Kalbfleisch und Bommerl endlich aufbrachen. Sie vereinbarten, dass Franzi am nächsten Tag, es war ein Donnerstag, nach Feierabend, also gegen 18 Uhr, bei ihnen vorbeikommen würde, um die Homepage fertig zu installieren und um Maria in das Intranet einzuweisen.

Kalbfleisch meinte zum Schluss noch in der Tür: „Wir bleiben auf jeden Fall in engem und ständigem Kontakt. Mal sehen, wenn ich es schaffe, komme ich am Wochenende vorbei. Aber vorher sage ich noch Bescheid. Vielleicht kann ich Euch ja auch bei den ganzen Listen helfen, und eventuell Informationen im Internet einholen. Ich bring mein Laptop mit. Falls es Euch passt. Ich bin jedenfalls froh, dass Ihr uns bzw. mir helft."

Als Franzi am nächsten Abend bei Maria und Emilio eintraf, hatte Maria ihre Liste mit den Namen der von HK Kalbfleisch angegebenen Seminar-Teilnehmern komplettiert. Mit Telefonnummern, Dienststellen, Adressen. Dafür hatte Bubi ihr die Visitenkarten gegeben. Dazu hatte sie auch noch weiter im Internet recherchiert. Damit war der ganze Nachmittag draufgegangen. Morgen wollte sie diese Kollegen persönlich anrufen und zu den von ihnen gefundenen Toten befragen.

Als Franzi am Freitagnachmittag durch die Tür hereintrat, hatte Maria gerade ihre Füße hochgelegt. „Nicht nur, dass es schon wieder so warm ist, ich bin von dieser Surferei und Listenanlegerei total erledigt. Ich hätte nie gedacht, dass Computerarbeit anstrengender ist als Ermittlungen vor Ort. Dabei ist man wenigstens in Bewegung. Ich werde Dich nachher nach Hause bringen, zu Fuß. Es ist ja nicht ganz so weit. Emilio kommt auch mit, damit ich mich nicht fürchten muss im Dunkeln, hat er gemeint. Ich brauche Bewegung." Maria lachte leise vor sich hin. Sie fand, dass sie schon ganz schön weit gekommen war für einen Tag.

Franzi sah heute besonders bunt aus. Sie hatte ihre Haare zu einem Pferdeschwanz aufgebunden, die Haarspitzen waren blau eingefärbt, ihr Pony hatte eine rote und eine weiße Strähne.

„Diese Farben stehen Dir aber sehr gut. In Deinem Alter kann man so etwas tragen!" Dabei seufzte Maria. Franzi sah sie an. „Warum in meinem Alter? So was kann Frau immer tragen. Ich habe schon immer gerne mit meiner Haarfarbe herumexperimentiert. Ich kann bei Dir auch mal mit Farbe die Haare eintönen. Das sieht bestimmt toll aus. Aber jetzt wollen wir keine Zeit vertrödeln, ich muss Dir das Programm zeigen, damit Du loslegen kannst. Dann fahr ich noch nach Frankfurt rein, zur Eintracht, die spielt doch heute Abend, ich hab also nur noch zwei Stunden Zeit. Mein Freund holt mich hier ab. Also das mit dem zu Fuß nach Hause bringen fällt leider aus. Sorry."

Maria schluckte, konzentrierte sich aber sofort auf den Computer-Schnellkurs und schrieb eifrig die Anweisungen mit. Es ging schneller als gedacht. Zwei Stunden später wurde Franzi abgeholt. Ihr Freund stand vor der Tür. Er machte einen ganz normalen Eindruck, wie Maria später etwas enttäuscht zu Emilio sagte, als sie im Bett lagen. „Er war ganz normal angezogen, keine bunten Haare." Sie kuschelte sich an Emilio und dann vergaßen beide die Probleme mit den Toten für eine Weile.

Am nächsten Morgen übertrug Maria die Daten in die von Franzi erstellte Datei. Mittags schaute Kalbfleisch noch bei ihr vorbei und bot seine Hilfe an. Beide setzten sich ans Telefon und begannen, die vor ihnen liegende Liste abzutelefonieren.

Am Abend hatten sie alle Kollegen von HK Kalbfleisch erreicht und mit jedem ein sehr intensives Gespräch geführt. Jetzt schauten sie auf ihre Liste.

Fundort, Zustand der Leiche, Bericht der Spurensicherung, des Gerichtsmediziners, alles war fein säuberlich aufgeführt. Es war spät geworden und Kalbfleisch verabschiedete sich. Maria hatte ihm erklärt, den Rest könne sie alleine, sie musste die Daten jetzt nur noch in den Computer übertragen. Franzi hatte für jede einzelne wichtige Information eine Spalte eingerichtet.

Schon jetzt war das Ergebnis mehr als beängstigend. Wenn das alles nachweisbar wäre, dann hätten sie jetzt schon deutschlandweit über 10 Tote, die vielleicht nicht eines natürlichen Todes gestorben wären, aber eben nur „vielleicht". Das war es nämlich nicht, also nachweisbar. Deshalb mussten sie weiter nachforschen, um dem Bauchgefühl von Bubi nachzugehen. Nachfragen, alle Dienststellen in

Deutschland einbeziehen. Hoffentlich wurden sie ernst genommen. Das war dann wohl ihre Hauptaufgabe in den nächsten Tagen und Wochen. Eine entsprechende Mitteilung mit Informationen über die bisher zusammengetragenen Fakten ins Intranet einstellen und auf Antwort warten. Das Intranet war wirklich eine sehr große Hilfe bei ihren Nachforschungen. Und alles ging so schnell. Ohne moderne Technik hätten sie sonst Wochen dafür gebraucht für die ganzen Nachforschungen.

Am nächsten Wochenende wollten Franzi und Kalbfleisch wieder vorbeikommen. Sie würden zusammen alles abgleichen und überlegen, wie sie weiter vorgehen wollten, um möglichst viele Informationen zu erhalten.

Fünfunddreißig

Kapitel 12 – Frühsommer

Endlich war die ungewöhnliche Hitze im Mai vorbei und die Temperaturen hatten sich wieder normalisiert und tagsüber auf gute 25 °C eingependelt. Die Luft war angenehm warm, die Sonne brannte nicht mehr so glühend heiß vom Himmel, und wer konnte und Zeit hatte, spazierte jede freie Minute durch die Grünanlagen von Frankfurt.

Auf der Mainpromenade herrschte jetzt um die Mittagszeit bereits reger Betrieb. Die vielen Spaziergänger reckten ihre Nasen der Sonne entgegen, genossen jede einzelne Minute des schönen Wetters, bevor ihre Mittagspause vorbei war und sie wieder in ihre Büros zurück mussten. Die meisten Bänke waren mit Menschen besetzt, die Zeit hatten und dort dem Zwitschern der Vögel lauschen konnten, die Schiffe auf dem Main beobachteten und den Jugendlichen nachschauten, die auf ihren Skateboards die Wege entlang rauschten.

Eine Kindergartengruppe lief aufgeregt mit einigen Erzieherinnen durch die Anlage und bestaunte die Käfer und Vögel in den Büschen. Junge Mütter schoben zu zweit oder dritt ihren Nachwuchs in offenen Sportwägen über die Wege, während sie sich lautstark über die Sonderangebote der Supermärkte und die neuesten Kleidungstrends für dieses Jahr unterhielten. Ihre kleinen, schon halb aufrecht sitzenden, aber noch dick eingepackten Knirpse staunten über die ungewohnte Betriebsamkeit um sie herum und manche von ihnen versuchten mit lautstarken Rufen die Aufmerksamkeit der Mutter auf sich zu ziehen. Vergebens.

Eine junge Mutter schob ihren Kinderwagen am Uferweg entlang. Sie wurde von zwei Jugendlichen auf Skateboards überholt, die kreuz und quer ihre Figuren liefen. Eine größere Gruppe Jugendlicher auf Rollerblades kam ihnen entgegen und dazwischen mussten die Spaziergänger aufpassen, dass sie nicht überfahren wurden.

Am späten Nachmittag, als die Sonne langsam ihren Sinkflug antrat, wurde der Publikumsverkehr auf der Promenade langsam weniger.

Drei junge Frauen joggten den breiten Uferweg entlang. Sie trugen bunte Sportbekleidung, ihre Jogging-Schuhe waren farblich auf die Bekleidung abgestimmt und entsprachen der aktuellsten Mode. Es war offensichtlich, dass sie sich frisch eingekleidet hatten für die neue Saison. Zwei der Frauen trugen kurze brünette Haare, die dritte hatte ihre langen blonden Haare zu einem Pferdeschwanz hoch gebunden, der bei jedem Schritt hin und her wippte. Gerade zeigte sie ihren Freundinnen ihre neueste Errungenschaft: ein Fitness-Armband. Sie blieben stehen und begutachteten gemeinsam die einzelnen Anzeigen. Dabei hörten sie ein seltsames Geräusch.

„Hast du das auch gehört? Ist das eine Katze? O-der was schreit da so?"

„Das muss ein kleines Baby sein. Wo kommt das Geräusch denn her?"

Alle drei schauten sich um, dann sagte die Blond-haarige: „Dort vorne auf der Bank, da sitzt eine Frau mit Kinderwagen. Ich glaube, das Geräusch kommt von dort. Lasst uns mal nachschauen."

Die Uferpromenade war inzwischen ziemlich leer. Es war kühler geworden und die meisten Menschen hatten sich in die Wärme der eigenen Wohnung zurückgezogen. Die drei jungen Frauen joggten zu der Bank. Das Geschrei wurde lauter, schriller. Es kam tatsächlich aus dem Kinderwagen. Komischer-weise kümmerte sich die Mutter, so sie es denn war, gar nicht um ihr Baby. Sie hatte die Hände auf den Griff des Kinderwagens gelegt und umklammerte ihn, ihr Kopf ruhte auf ihren Händen. Sie bewegte sich nicht. Das Baby schrie wie am Spieß. Die drei Frauen standen ratlos um den Kinderwagen herum.

Wie lange schrie das Baby schon? Sein Kopf war knallrot.

„Hallo, ist Ihnen nicht gut?", fragte die Blonde. Keine Reaktion. Das Baby schrie weiter. „Hören Sie, können wir Ihnen helfen, warum lassen Sie ihr Kind so schreien?" Die beiden Brünetten waren außer sich. Dann näherte sich die Blonde der Frau und fasste sie an der Schulter an. Keine Reaktion. Alle drei Frauen versuchten, der Frau ins Gesicht zu sehen, aber die Hände und der Kopf rührten sich nicht. Sie traten spontan alle einen Schritt zurück, eine zückte ihr Handy und wählte 112.

„Hallo, hier am Mainufer ist eine junge Frau mit ihrem Baby. Sie rührt sich nicht, reagiert auch nicht. Das Baby schreit wie am Spieß. Hören Sie es? Sie müssen sofort kommen. Mein Name? Ich heiße Julia Rödel, meine beiden Freundinnen sind auch da. Wir sind hier in der Nähe der Untermainbrücke auf der Sachsenhäuser Seite. Nein, die Frau sitzt auf einer Bank und hält den Kinderwagen fest. Puls? Nein, haben wir noch nicht. Warten Sie, fühlt doch mal bei der Frau den Puls. Ja, die wollen das wissen. Nein, keiner da. Ja, wir warten. Was sollen wir denn mit dem Baby machen? Das lässt sich nicht beruhigen. Dürfen wir es rausnehmen? Nein? Dann beeilen Sie sich aber mal. Danke."

Sie steckte ihr Handy weg und meinte dann, als sie die erwartungsvollen Gesichter ihrer Freundinnen sah: „Sie kommen sofort. Wir sollen nichts anfassen. Da, die Sirenen, da kommt ja auch schon der Notarzt." Alle drei winkten aufgeregt dem Rettungswagen zu. Der hielt am Straßenrand an und die Sanitäter und der Notarzt kamen kurz darauf im Laufschritt bei der Bank an.

Die drei Freundinnen wurden etwas zurückgedrängt, dann untersuchte der Notarzt kurz die junge Frau auf der Bank, stellte schnell deren Tod fest. Ihre Finger hielten krampfhaft den Griff des Kinderwagens umklammert und konnten nur mit erheblicher Gewalt gelöst werden. Ein Sanitäter hatte das Baby bereits aus dem Kinderwagen herausgeholt und zur Untersuchung mit in den Krankenwagen genommen. Der Notarzt war inzwischen mehr als misstrauisch geworden und rief die Polizei an. Er bat um Unterstützung, auch sollten sie die Spurensicherung mitbringen. Als die Polizei eintraf, mussten die drei jungen Frauen alles noch einmal wiederholen, was sie gerade erlebt hatten. Auf Nachfrage bestätigten alle drei, keine verdächtigen Personen in der Nähe der Bank und der Toten gesehen zu haben. Ihre Personalien wurden aufgenommen, dann wurden sie mit der Einladung, am nächsten Tag zur Unterschrift des Protokolls in die Polizeistation zu kommen, entlassen.

Der informierte Kriminalkommissar Hoffmann von der Dienststelle in Sachsenhausen, der mit der Spurensicherung eintraf, war ein guter Bekannter des Notarztes. Sie hatten schon so manches Rätsel bei Todesursachen gemeinsam geklärt.

„Es war höchstwahrscheinlich Herzversagen, es sieht wenigstens so aus!", meinte der Notarzt zum Kommissar. „Rätselhaft ist allerdings das plötzliche Auftreten der Leichenstarre, quasi mitten in der Bewegung. Die Finger mussten wir gewaltsam vom Griff lösen. Bei einer so jungen Frau ist das absolut ungewöhnlich. Sie muss schon eine Zeitlang hier auf der Bank sitzen. Der Todeszeitpunkt liegt ungefähr eine bis vier Stunden zurück. Genaueres aber erst nach der Autopsie. Ich ordne mal eine schnellstmögliche Obduktion an. "

Aufgrund der Dokumente in der Handtasche der Toten konnten Angehörige ausgemacht und angerufen werden, damit sich jemand um den Säugling kümmerte, der noch immer im Krankenwagen von den Sanitätern betreut wurde. Der Kommissar betrachtete sich die ganze Situation von allen Seiten, dann überlegte er kurz, während die Leiche in die Gerichtsmedizin abtransportiert wurde. Dann meinte er kurz zu dem Notarzt:

„Vor ein paar Wochen kam eine Meldung über das interne Netz mit Informationen, dass in Gelnhausen vor zwei Monaten für solche Todesfälle ein kleines Ermittlungsteam gebildet wurde. Ein ehemaliger Gerichtsmediziner aus Frankfurt und eine Kommissarin a.D. aus Gelnhausen sind die Hauptakteure dabei. Vielleicht ist das ja unser guter alter Schlotterbeck, Sie wissen schon, der ist vor ein paar Jahren in Pension gegangen. Wie ich gehört habe, hat der Oberstaatsanwalt für die Beiden grünes Licht gegeben. Inoffiziell!"

Der Notarzt war schon etwas älter und hatte früher bereits mit einigen Gerichtsmedizinern zu tun gehabt. „Ich kenne den ehemaligen Kollegen auch. Er ist gut. Ich weiß, wenn Schlotterbeck erst mal anfängt, lässt ihn auch das ungewöhnlichste Rätsel nicht ruhen. Er hört nicht eher auf, bis er was gefunden hat. Und das ist nun wirklich ein ungewöhnlicher Todesfall. Die Leichenstarre ist ziemlich intensiv und ausgeprägt, ich hätte im ersten Moment vielleicht Mühe gehabt, eine Spritze in die Muskulatur zu bekommen!"

Kommissar Hoffmann nickte zustimmend: „Ja, ich weiß. Ein Kollege von mir, KH Kalbfleisch aus Gelnhausen, hat schon über solche Fälle mit Schlotterbeck gesprochen. Ich war mit Kalbfleisch vor einigen Monaten auf einer Tagung in Hannover. Dort haben ein paar Kollegen von ungewöhnlichen Todesfällen erzählt, bei denen kein Fremdverschulden nachgewiesen werden konnte. Solche Fälle gibt es scheinbar bundesweit schon mehrere in diesem Jahr, wie damals meine Kollegen aus einigen anderen Bundesländern erzählten. Alle Fälle plötzliches Herzversagen, natürliche Todesursache, trotz schneller, fast sofortiger ausgeprägter Leichenstarre war nichts anderes nachzuweisen. Trotzdem wurde bei einigen Toten eine Autopsie gemacht. Aber nichts gefunden."

„Na ja!" meinte der Notarzt. „Wenn der Arzt „Herzversagen" auf den Totenschein schreibt, wird auch nicht weiter nachgeforscht."

„Das stimmt. Ich halte aber seitdem ständigen Kontakt mit Kalbfleisch. Er hat mich informiert, dass er Schlotterbeck und Gerstenkorn um Unterstützung gebeten hat. Ich rufe Kalbfleisch von unterwegs gleich mal an. Es wäre wunderbar, wenn Schlotterbeck sofort tätig werden könnte. Hoffentlich stimmt diesmal die Zeitspanne, sodass die Leiche so schnell wie möglich auf dem Tisch des Gerichtsmediziners zu liegen kommt. Ich sag dort auch Bescheid und melde mich dann später nochmal wieder. Also dann, Guude!" Dabei tippte er mit seinen Fingern an seine Mütze und ging zu seinem Auto.

Kapitel 13 – Ermittlung

Er hatte kaum zehn Minuten gebraucht und Kommissar Hoffmann war zurück in seinem Büro. Sofort griff er zum Telefonhörer. „Hallo Kalbfleisch, hier spricht Hoffmann von der Kripo in Frankfurt Sachsenhausen. Wir haben doch in Hannover auf diesem Seminar im Frühjahr über diese unerklärlichen Toten gesprochen. Ich habe heute hier einen ähnlich merkwürdigen Todesfall, am Mainufer. Junge Frau, erstarrt. Keine Anzeichen von Fremdeinwirkung. Ich habe Euren Artikel neulich im Intranet gelesen. Könnte es vielleicht möglich sein, dass der gute alte Schlotterbeck unserem Gerichtsmediziner assistiert? Ich weiß ja nicht, wo er z. Zt. wohnt, aber möglicherweise nicht so weit weg von Sachsenhausen und dann könnte er bestimmt schnell bei uns in der Gerichtsmedizin sein."

„Hallo Hoffmann. Geht's gut, ja? Schon erstaunlich, dass unsere Wette diese Resonanz hat. Ich war ja eher skeptisch. Aber das mit dem Intranet ist wirklich eine tolle Sache. Dann hat es also jetzt auch Frankfurt getroffen. Kaum zu glauben, wieder ein Toter, und wieder keine Spur. Oder hat Eure Spusi etwas gefunden? Nein? Schade! Natürlich wird Schlotterbeck Euch helfen, ich rufe ihn gleich mal an. Er müsste in einer guten halben Stunde im Institut sein können, wenn er zu Hause ist. Wir sollten morgen noch mal telefonieren, OK? Bis dann. Könntet Ihr die Ergebnisse ins Intranet stellen? Danke!"

„Klar, machen wir, danke für Deine Hilfe!" „Ist schon OK. Gern gescheh'n!"

Obwohl die Organisation eigentlich gut geklappt hatte, traf die Leiche erst nach über drei Stunden in der Gerichtsmedizin ein. Ungeduldig wartete dort Schlotterbeck bereits mit dem Pathologen. „Wo bleibt Ihr denn so lange, warum hat das jetzt über drei Stunden gedauert? Ich bin schon seit 17:00 Uhr hier. Also dann wollen wir mal einen Zahn zulegen."

Die beiden Männer schoben die Leiche selbst in den Autopsie-Raum und machten den Leichensack auf. Die junge Frau war vollkommen entspannt, keine Leichenstarre mehr. Schlotterbeck schüttelte den Kopf. „Der Tod muss vor mehr als 5 Stunden eingetreten sein. Die Leiche hat bestimmt voll in der Sonne gelegen. Trotzdem – wir sollten anfangen."

Nach zwei Stunden waren sie fertig. Nichts. Keinen äußerlichen Nachweis irgendeiner fremden Substanz. Nur eine leichte Rötung der Nasenschleimhäute, ohne Schnupfen, vielleicht eine Allergie. Keine Einstichstellen, keine sonstigen Auffälligkeiten. Nichts! Es blieb ihnen nichts Anderes übrig, als „natürliche Todesursache" in den Totenschein zu schreiben, plötzlicher Herztod. Ohne Gewähr. Die toxikologischen Untersuchungen standen allerdings noch aus. Mit einem Ergebnis war nicht vor morgen Mittag zu rechnen. Schlotterbeck war pessimistisch. Er rechnete nicht mit irgendeinem überraschenden Ergebnis. Es war zum Mäuse melken.

Die Spurensicherung hatte noch am Abend die Information durchgegeben, dass sie nichts gefunden hatten. Nichts im Umfeld der Parkbank, nichts an der Kleidung des Opfers, nichts im Kinderwagen, nichts in den weiter entfernt stehenden Papierkörben, rein gar nichts, was mit dem Tod dieser jungen Frau in Verbindung gebracht werden könnte. Auch eine Befragung zufällig anwesender Personen hatte nichts ergeben. Keiner hatte etwas gesehen.

Frustriert fuhr Schlotterbeck nach Hause. „Hallo Maria, könntest du mit diesen Informationen noch den Artikel aus Frankfurt, von HK Hoffmann, im Intranet ergänzen? Wir haben wieder eine Tote. Wieder nichts, keine Ergebnisse bei der Autopsie. Nichts." Er gab ihr eine Notiz über den neuen Fall. Maria nahm Emilio in den Arm, gab ihm einen festen Kuss und hoffte, ihn damit etwas zu trösten. „Hör mal, Emilio, du nimmst dir das viel zu sehr zu Herzen. Komm, geh erst mal unter die Dusche. Bis du fertig bist, hab ich deinen Bericht in den Computer eingegeben. Ich hab außerdem einen leckeren Auflauf im Ofen, dazu ein Glas Rotwein. Dabei können wir dann überlegen, wie wir weiter vorgehen wollen. Was meinst du?"

„OK, du hast ja recht, ich geh duschen."

Wie sich am nächsten Morgen herausstellte, war das Intranet inzwischen wirklich deutschlandweit bekannter, als sie gedacht hatten. Jede informierte Dienststelle hatte kurz nach ihrer Kontaktaufnahme mit Informationen ihre Ermittlungen, soweit involviert, ergänzt. Bei einigen Toten hätte man eine leicht gerötete Nasenschleimhaut festgestellt, sonst nichts. Jede Polizeidienststelle in Deutschland sollte inzwischen mit den Daten im Intranet arbeiten können und über alle auftretenden bizarren Toten und die entsprechenden Untersuchungsergebnisse informiert sein.

Maria saß vor ihrem Computer und lächelte. Heute Abend würde sie sich mit Franzi zusammensetzen und die Daten sichten und ordnen. Nach Büroschluss.

Eine Information stach Maria beim Durchlesen ihrer Liste noch ins Auge. Bisher war in der Nähe der bis jetzt gefundenen und registrierten auffälligen Leichen nur bei drei dieser Toten je eine kleine braune Glasflasche sichergestellt worden. Alle drei Fläschchen waren als Warenproben etikettiert und mit Nummern versehen: 10, 20 und 25. Die Nummern kamen Maria verdächtig vor. Bedeutete das vielleicht, dass die Fläschchen durchnummeriert waren und inzwischen 25 Tote hätten gefunden werden müssen, die mit einem derartig hinterhältigen „Gift" getötet worden waren? Warum hatte man in den Fläschchen nichts Entsprechendes gefunden? Waren sie überhaupt untersucht worden? Sie hatte keine Informationen dazu erhalten. Also musste sie dazu schnell noch die entsprechende Anfrage ins Intranet stellen. Sie machte sich sofort ans Werk und bat um sofortige Rückmeldung. Damit sie darüber heute Abend mit allen reden konnte.

Kapitel 14

Er ärgerte sich. Das hatte er nicht voraussehen können. Diese alte Schachtel hatte das Fläschchen nicht behalten, um es für ihre eigene verstopfte Schnupfen-Nase zu benutzen, sondern hatte es an ihre Begleiterin weitergegeben. An diese junge Frau mit Baby. So etwas wollte er nicht, doch keine junge Mutter. Voller Panik war er ihnen hinterher gerannt. Dabei war sein Hut verrutscht, die Brille beschlagen. Er musste eine kurze Pause machen. Er wollte die junge Frau dazu bringen, das Fläschchen nicht zu benutzen. Aber es war zu spät.

Er hatte es nicht verhindern können. Als er um die Ecke gerannt kam, sah er gerade noch, dass sie es kurz benutzte und es dann in einen der Papierkörbe warf, die am Wegrand standen. Kaum war die Frau weitergegangen, fischte er schnell das Fläschchen aus dem Papierkorb, dann war er der Frau weiter gefolgt, hatte sie beobachtet. Wenn jemand kam, war er hinter Büschen verschwunden, um ja nicht gesehen zu werden. Die paar Leute, die vorbeikamen, beachteten ihn scheinbar nicht. Er folgte der Frau in angemessener Entfernung, sah, wie sie sich kurz darauf auf eine Bank setzte, den Kinderwagen vor sich. Schon wollte er sich dazu setzen, aber dann überlegte er es sich doch anders. Zu auffällig. Er setzte sich zwei Bänke weiter vorne hin und versuchte, möglichst unauffällig die Frau zu beobachten. Er vermerkte genau den Zeitpunkt, als die junge Frau etwas in sich zusammensank. Eine halbe Stunde später fing das Baby an zu schreien. Zuerst reagierte keiner der Vorbeigehenden darauf.

Als dann aber über eine Stunde später diese jungen Gören mit ihren schicken Jogging-Anzügen an der Bank bei der Frau angekommen waren, weil das Baby immer noch anhaltend schrie, hatte er sich möglichst unbemerkt erhoben und war langsam weiter am Ufer entlang geschlendert. Schließlich wollte er um keinen Preis gesehen werden oder irgendwie auffallen. Er hatte gerade noch gesehen, wie eine dieser jungen Frauen wie wild auf ihrem Handy herumgetippt hatte. Kurz darauf konnte man auch schon die Sirenen des Rettungswagens hören.

Das war knapp gewesen. Gerade rechtzeitig hatte er sich aus dem Staub machen können. Das musste in Zukunft besser klappen.

Akribisch notierte er hinter der nächsten Kurve diese Versuchsreihe und den Vorfall mit Nummer der verteilten Flasche in seinem Notizbuch.

Zweiundvierzig

Kapitel 15 – Sommer

Das ehrenamtliche Team der Bücherei von Bad Orb war außer sich vor Freude. Es war ihnen gelungen, die weit über die Region hinaus bekannte Schriftstellerin Rosalinde von Urgestein für eine Lesung in ihrer Bücherei zu gewinnen. Sie hatte auf ihre Einladung hin sofort zugesagt, obwohl in der Einladung eine Gage eindeutig ausgeschlossen worden war. Die Lesungen in der Bücherei waren immer frei, es wurde kein Eintrittsgeld erhoben. Gleich nach den Veröffentlichungen in der Zeitung und den vielen aufgehängten Plakaten sprudelten die Zusagen für die Lesung. Das war auch kein Wunder, immerhin schrieb diese Frau die besten und romantischsten Liebesromane von Hessen, wenn nicht gar von ganz Deutschland, vielleicht. Sie wurde von der Presse mit den bekanntesten Schriftstellerinnen dieses Genre verglichen. Ein aufsteigender Stern am Literaturhimmel. Einige wenige bezeichneten sie als Kitsch-Schreiberin. Aber diese Kritiken gingen in den begeisterten Stimmen ihrer meist weiblichen Anhänger unter.

Es war Mitte Juni und die Hitzewelle vom Mai hatte sich verflüchtigt und einem schönen Frühsommer mit angenehmen Temperaturen Platz gemacht. Jetzt rückten die Sommerferien näher und alle freuten sich über das schöne Wetter und den bevorstehenden Urlaub.

Schon am Vormittag hatten die beiden Frauen in der Bücherei die Stühle in geordnete Reihen aufgestellt. „Wenn alle angemeldeten Besucher kommen, wird es hier wohl richtig voll werden!", meinte die eine. „Das wäre doch toll. Frau von Urgestein will gegen fünfzehn Uhr hier sein. Um 16 Uhr beginnt die Lesung. Ich bringe zwei Thermoskannen mit Kaffee mit, falls der nicht ausreicht, können wir in der Küche mit der Kaffeemaschine noch nachkochen. Ella bringt ein paar Kekse und einen Kuchen mit. Außerdem haben wir genug Sekt, Wasser und O-Saft hier, falls jemand etwas anderes trinken möchte."

Am Nachmittag gegen halb vier Uhr war der Saal bis zum letzten Platz besetzt. Die Schriftstellerin strahlte, das Bücherei-Team war emsig am Ausschenken von Kaffee und kalten Getränken und der Geräuschpegel legte sich erst, als die Hauptperson am Tisch vor dem Publikum Platz nahm. Die Sprecherin des Bücherei-Teams hieß alle willkommen und sprach noch ein paar einleitende Worte. Endlich ging es los. Es wurde mucksmäuschenstill. Die Autorin begann mit ihrer Lesung.

Nach einer guten Stunde brandete frenetischer Beifall auf. Das Publikum jubelte der Autorin zu. Dann drängten sich die meisten nach vorne an den Tisch, um ein Exemplar des neuesten Romans zu ergattern, natürlich mit einem persönlichen Autogramm der Autorin. Nach einer weiteren halben Stunde waren alle Bücher verkauft, die Frau von Urgestein mitgebracht hatte, der Raum leerte sich langsam. Sehr zufrieden mit ihrem Erfolg verabschiedete sich endlich auch die Autorin und machte sich auf den Heimweg.

„So, das war doch eine sehr schöne Lesung und ein sehr guter Tag für uns", meinte Ella. „Der Kuchen ist restlos weg, Sekt und Kaffee sind auch aus. Ich geh mal in die Küche und koche neuen Kaffee für uns. Das haben wir uns jetzt verdient. Ich hab auch noch ein paar Muffins extra für uns aufgehoben." Ihre Kollegin Gudrun ging mit, holte Tassen und Teller und stellte sie auf einen kleinen Tisch. „Bis der Kaffee durch ist, räumen wir schon mal die Stühle und Tische auf."

Beim Zusammenstellen der Stühle fiel der Blick von Gudrun auf eine dunkle Ecke des Raumes. Da saß noch jemand, ein Mann, wie es aussah, der das Ende der Veranstaltung scheinbar verpasst hatte.

„Hallo, Sie da, in der Ecke da, die Lesung ist zu Ende!" „Du, der rührt sich nicht. Kennt Du den Mann?" Als Gudrun den Kopf schüttelte, ging Ella zu dem Herrn in der hintersten Ecke, der bis jetzt völlig unbemerkt dort gesessen hatte. Obwohl die Lesung schon seit einer halben Stunde vorbei war, hatte ihn niemand so richtig bemerkt. Ella sah den Mann ungläubig an. „Du, der schläft!" Damit tippte sie dem Herrn auf die Schulter. „Aufwachen!" Er wachte nicht auf. Ella sprang zurück, schrie vor Schreck kurz auf, als der Mann zur Seite kippte und vom Stuhl fiel. „Schnell, ruft einen Notarzt. Ich glaube, der Mann hat Schwierigkeiten." Der Mann lag auf dem Boden, in der gleichen Position wie auf dem Stuhl, die Arme lagen auf den gebeugten Knien. Wie eine steife Puppe. Ella nahm all ihren Mut zusammen, trat wieder einen Schritt näher, bückte sich und versuchte, den Puls des Mannes zu fühlen. Kein Puls. Der Mann war tot.

Die beiden Damen flüchteten schreckensbleich in die Küche zu den beiden anderen Kolleginnen. So was Grausiges war ihnen ja noch nie passiert. Ein Toter in der Bücherei. Und dann sah der auch noch so gruselig verkrampft aus, so als hätte er schon die Leichenstarre. Ella und Gudrun redeten ununterbrochen, als wollten sie sich damit beruhigen. Was natürlich nicht so einfach war. Hoffentlich kam bald der Notarzt. Vielleicht sollte man auch die Polizei rufen?

Ratlos sahen sie sich an und warteten. Es dauerte keine fünf Minuten, bis der Notarzt da war.

Zehn Minuten später diagnostizierte der Arzt: Der Mann war höchstwahrscheinlich eines plötzlichen Herztodes gestorben. Vor ca. 1 Stunde. Der Notarzt holte sein Handy heraus, ging vor die Tür und sprach kurz mit der Kripo in Gelnhausen. Dort verlangte er den mit ihm befreundeten Kommissar Kalbfleisch zu sprechen und berichtete ihm von dem Toten in Bad Orb.

„Das kommt mir sehr spanisch vor. Du hattest doch bei unserem letzten Kartenabend am vergangenen Mittwoch erwähnt, dass es so was überall in Deutschland in den letzten Monaten gegeben hätte. Vielleicht kann man ja jetzt hier direkt was herausfinden. Ich schick den Toten umgehend in die Gerichtsmedizin, mit einem entsprechenden Vermerk. Übrigens, der Tote ist schon völlig erstarrt, ich habe trotzdem, wenn auch unter Schwierigkeiten, eine Blutprobe entnehmen können. Eine Obduktion dürfte allerdings etwas schwierig werden, solange dieser Zustand anhält. Seinen Papieren nach stammt er übrigens aus Offenbach. Macht hier Urlaub."

„OK, ich sag gleich einem Freund von mir Bescheid, ehemaliger Gerichtsmediziner, Schlotterbeck. Du kennst ihn doch, der wird sich der Sache zusätzlich annehmen. Du weißt ja, vier Augen sehen mehr als zwei! Dürfte allerdings zu spät sein. Die Leiche ist bestimmt schon kalt. Außerdem schicke ich mal vorsichtshalber die Spurensicherung zur Bücherei. Sonst irgendwelche Auffälligkeiten? Nein? OK, danke für deine Info!"

HK Kalbfleisch überlegte kurz, grinste vor sich hin, dann griff er zum Telefon und rief bei Maria und Emilio an. „Hallo Emilio, hier spricht die Kripo von Gelnhausen." Er verstellte seine Stimme, sprach ganz hoch. Für ein bisschen Spaß musste einfach Zeit sein. Es folgte ein kurzer Fluch von Emilio, als es ihm dämmerte, dann fragte dieser: „Mensch, Bubi! Ich nehme an, es gibt einen plötzlichen Herztod in Deinem Wirkungsbereich. Stimmt's?"

„Ja, vor 10 Minuten hat der Notarzt aus Bad Orb angerufen. Er lässt die Leiche sofort in die Gerichtsmedizin bringen. Ich sag dort Bescheid, dass du kommst. Außerdem werde ich mal OS Heinemann unterrichten. Er wollte doch Fakten sehen. Da kann er sich das gleich mal persönlich anschauen. Das wirkt bestimmt authentischer, als wenn ich ihm nur davon erzähle. Ich bringe ihn mit in die Gerichtsmedizin."

„OK, ich mach mich gleich auf den Weg. Muss nur noch Maria Bescheid geben."

In der Bücherei hatte der Notarzt derweil noch seine liebe Not mit den Damen, die die Leiche gefunden hatten. Sie standen unter Schock. Obwohl die Leiche inzwischen mit großen Schwierigkeiten weggebracht worden war, wollte keine mehr in den Lesesaal gehen, um den Rest wegzuräumen. Der Arzt verteilte Beruhigungsspritzen, danach konnte er endlich die Leute alleine lassen. Die Polizei hatte die Namen und Adressen notiert und die Beteiligten gebeten, am nächsten Tag noch einmal bei der Polizeistation vorbeizukommen. Daraufhin waren alle nochmal völlig aufgelöst gewesen und wollten den Grund dafür wissen. „Aber warum? Wir haben doch gar nichts getan! Wir sind nicht am Tod dieses Herrn schuld!" „Das hat doch auch keiner behauptet, meine Damen. Das wird man Ihnen dann alles erklären. Sie brauchen keine Angst zu haben, es geht nur um Ihre Zeugenaussagen." Dieser Satz wirkte nicht wirklich beruhigend auf die Damen. Außerdem sollte noch die Spurensicherung vorbeikommen. Irgendjemand musste hier bleiben, um anschließend zuzuschließen. Ella erklärte sich bereit, es war ja auch noch ein Polizist dageblieben. Sie musste also nicht alleine warten.

„Wir sollten die Bücherei für die nächsten Tage zumachen. Ich muss das erst mal verarbeiten. So schnell kann ich nicht wieder hierher." Gudrun hatte den Vorschlag gemacht. „Ich auch nicht!" Ella stimmte dem zu. Die beiden anderen Damen nickten und waren einverstanden. Schnell wurde ein Zettel in die Tür gehängt. Ella blieb mit dem Polizisten da, die anderen flüchteten nach draußen. An diesem Schrecken würden sie alle noch eine ganze Weile zu kauen haben. Sie gingen hinter der Kirche die Treppe hinunter in die Altstadt. Dort löste sich die kleine Gruppe auf. Kurze Zeit später liefen die Telefone der Damen heiß. Eine solche Tragödie, persönlich miterlebt, musste natürlich den nächsten Freunden, Nachbarn und Bekannten umgehend mitgeteilt werden. Es dauerte nicht lange und der Todesfall in der Bücherei hatte sich im ganzen Ort herumgesprochen.

Kapitel 16 – Ermittlungen

Emilio Schlotterbeck lief den Flur entlang zur Gerichtsmedizin. Seine alte Wirkungsstätte. Alles schien ihm noch so vertraut, als wäre er gestern erst gegangen. Nun ja, er war schließlich hier über 30 Jahre fast zu Hause gewesen. Hier hatte er jahrelang die Toten betreut, mit ihnen gesprochen.

Eine Tür öffnete sich. „Schau, schau, der Herr Professor Dr. Schlotterbeck. Das ist aber eine Überraschung. Sehnsucht gehabt? Wie geht es dir so im Ruhestand, was treibst du denn so?"

Ein Kollege von früher, immer schon ein bisschen eifersüchtig. „Hallo Kurt, grüß dich. Aber du weißt doch, auf Titel hab ich noch nie viel Wert gelegt. Mir geht es gut. Du wirst schon gehört haben, Maria und ich, wir genießen unseren Ruhestand jetzt gemeinsam." Schlotterbeck schlenderte langsam zu ihm und gab ihm die Hand.

„Ja, ja, hab schon gehört, Glückwunsch. Aber was treibt dich jetzt hierher?"

Das würde er dieser Tratschtante gerade auf die Nase binden. „Ich bin jemandem einen Gefallen schuldig. Will mir mal einen Toten genauer ansehen. Er müsste schon hier sein. Ist gerade heute Nachmittag passiert. Machst du die Autopsie?"

„Nein, das macht doch der Doc, du weißt schon, Frau Dr. Julia Schopps, deine Nachfolgerin. Viel Spaß." Damit ging der Kollege wieder in sein Zimmer. Schlotterbeck hatte nur höflicherweise gefragt, natürlich wusste er, dass seine Nachfolgerin die Autopsie durchführen würde. Am Telefon hatte er an einem der letzten Tage schon mal mit ihr über diese „skurrilen" Toten gesprochen. Sie hatte jedoch auch keine Idee zur Todesursache gehabt.

Schlotterbeck folgte dem Flur und öffnete die große Flügeltür. Das Licht brannte und es klapperten irgendwo Bestecke. Eine junge Frau, schlank, dunkle kurze Haare, stand vor einem Tisch und begutachtete eine Leiche. „Hallo Julia, wie geht es dir?" Schlotterbeck hatte die neue Gerichtsmedizinerin kurz vor seinem Abschied kennengelernt. Sie machte einen sehr sympathischen Eindruck, war aber sehr energisch und selbstbewusst und ließ sich in dieser Männerdomäne absolut nichts gefallen.

Dr. Schopps drehte sich herum und gab Schlotterbeck die Hand. „Ich hab schon auf dich gewartet, der Kommissar hat dich angekündigt und mir kurz die Probleme geschildert, die er im Moment hat. Oder auch nicht. Und was du mir vor ein paar Tagen am Telefon erzählt hast, ist äußerst interessant. Allerdings ist mir das bei meinen Nachforschungen noch nicht untergekommen. Und das mit der Leichenstarre ist schon so ein Ding, das werden wir mal ganz genau in Augenschein nehmen. Ob wir da bei der Autopsie vorankommen, wenn der Körper noch so skurril verkrampft ist? Du hast doch auch in Frankfurt schon eine ähnliche Obduktion mit durchgeführt, oder? Ohne Ergebnis? War wohl zu spät, was? Na ja, da wollen wir mal sehen, ob wir etwas machen können. Vielleicht finden wir ja diesmal was. Ich hab dir schon mal Kleidung rausgelegt. Wenn du soweit bist, können wir anfangen."

Keine halbe Stunde später, Schlotterbeck und Schopp hatten gerade ihre Skalpelle in die Hand genommen, da ging die Tür zum Obduktionsraum auf und HK Kalbfleisch trat zusammen mit OS Heinemann ein. Das Gesicht von Heinemann war verkniffen, die Augen zu schmalen Schlitzen zusammengepetzt, der Mund nur ein dünner Strich, die Hautfarbe etwas bleicher als sonst. Fast schien es, als hätte Kalbfleisch den Oberstaatsanwalt mit Gewalt zur Gerichtsmedizin schleppen müssen. „Hier, Herr Oberstaatsanwalt, hier haben Sie Ihre Fakten." Dabei deutete Kalbfleisch auf die Leiche, die immer noch in der gleichen Haltung verharrte, wie auf dem Stuhl. Hände und Beine in die Luft gestreckt, immer noch steif und komplett erstarrt. Heinemann wurde jetzt leichenblass, hielt sich eine Hand vor den Mund. „So haben wir den Toten gefunden, so ähnlich ist auch der Zustand der anderen Leichen gewesen. Ich habe

Ihnen doch die Fotos der Kollegen gezeigt. Jetzt können Sie sich selbst davon überzeugen. Ist das Fakt genug? Genügt das jetzt als Ermittlungsgrund?" Kalbfleisch war ganz offensichtlich sauer, wütend, regelrecht angepisst. Was auch immer auf dem Weg hierher passiert war, Heinemann hatte bestimmt einen großen Teil dazu beigetragen. „Ist ja gut, Sie brauchen mir das nicht immer wieder unter die Nase zu reiben. Ich sehe es!" Oberstaatsanwalt Heinemann riss sich zusammen. „In Ordnung, sie bekommen Ihre SOKO. Aber lassen Sie uns wieder hinausgehen. Nichts für ungut, Schlotterbeck, Frau Dr. Schopps!" Damit drehte er sich abrupt um und ging nach draußen. Kalbfleisch zwinkerte den beiden grinsend zu, bevor er Heinemann folgte.

„Na, das war ja kurz und schmerzlos. Mit schlagenden Beweisen, aber erfolgreich. Dann wollen wir mal weitermachen." Frau Dr. Schopps griff wieder zu dem Skalpell, das sie kurz abgelegt hatte, als OS Heinemann hereingekommen war, und ging damit um den Tisch herum.

Es war fast Mitternacht, da ging draußen im Flur das Licht an und die Tür öffnete sich. Maria trat ein. Es war schon ein komisches Gefühl, Emilio so über die Leiche gebeugt zu sehen. Sie blieb kurz in der Tür stehen und ließ das Bild auf sich wirken. „Na, habt ihr schon was herausgebracht? War es wirklich Mord oder ist es das, was der Arzt sagt, ganz natürlicher Tod?"

Beide Köpfe flogen herum und übermüdete Augen sahen sie an. Emilio hatte sich als erster gefasst und meinte lapidar: „Bis jetzt konnten wir noch nichts feststellen, aber alle toxikologischen Untersuchungen laufen noch bzw. werden morgen früh erst erledigt sein. Alles andere sieht ganz normal aus. Die Leichenstarre hat sich vor ungefähr einer halben Stunde komplett gelöst. Das Labor hat schon genug Material, um die entsprechenden Untersuchungen vorzunehmen. Aber bis jetzt nichts Außergewöhnliches. Bis auf eine leichte Rötung an der hinteren Nasenschleimhaut. Aber Schnupfen hatte er keinen. Höchstens eine Allergie. Keine Nadeleinstiche, nichts. Ich vermute, dass es wieder mal zu spät für irgendeinen Nachweis ist. Bis der Tote hier eingetroffen war, lag der Todeszeitpunkt schon mehr als zwei Stunden zurück. Wir haben gerade beschlossen, für heute aufzuhören."

Maria ging zum Tisch, begrüßte Dr. Schopps und ging zu Emilio. Sie gab ihm einen zärtlichen Kuss und strich leicht mit der Hand über seine Wange. „Hallo, mein Schatz, du siehst müde aus. Ich sehe schon, das wird eine harte Nuss. Hoffentlich findet ihr wenigstens irgendetwas durch die Laboruntersuchungen heraus, sonst wird Bubi sehr enttäuscht sein."

„Bubi? Wer ist das denn?" Die Frau Doktor war neugierig.

„Nenn ihn nur nicht so, das darf nur Maria. Das ist Hauptkommissar Kalbfleisch, der uns mit dieser Sache beauftragt hat, d.h. uns gebeten hat, ihm zu helfen. Bei einigen Sachen sind ihm die Hände gebunden gewesen, uns aber nicht. Er hatte halt so ein komisches Bauchgefühl seit damals auf seinem Seminar und da wollen wir ihn doch nicht enttäuschen, oder? Außerdem, liebe Maria, war Bubi vorhin kurz mit Heinemann hier, hat ihm sozusagen die Fakten direkt unter die Nase gerieben! Das hättest du mal sehen sollen. Der OS war leichenblass!" Damit lachte er kurz deutete er auf die Leiche: „Kalbfleisch hat Heinemann aber auch ordentlich zugesetzt und beim Anblick der noch total verkrampften Leiche hat der ihm kurz und schmerzlos eine SOKO genehmigt. Ist das nicht toll?"

Frau Dr. Schopps sah interessiert von Maria zu Emilio, dann meinte sie: „Ich hol uns mal einen Kaffee, den können wir jetzt gut gebrauchen." Damit ging sie aus der Tür.

Emilio war leicht genervt, übermüdet und total enttäuscht, dass sie nichts gefunden hatten. Er wandte sich mit verärgertem Gesicht zu Maria um.

„Konntest du es nicht abwarten, bis ich nach Hause komme?"

„Red' keinen Quatsch. Vielleicht war mir ja langweilig? Vielleicht hab ich ja selbst auch was herausgefunden. Vielleicht hab ich dich ja vermisst und hatte große Sehnsucht nach Dir!", meinte Maria leise und strich ihm zärtlich durch das dichte gelockte Haar. „Weißt du, das Internet und vor allem die von Franzi eingerichtete Homepage im Intranet sind schon ganz nützliche Dinge. Ich hab mich mal damit ein bisschen beschäftigt, während du hier rumschnipselst. Es hat wohl mehr als nur die paar Toten gegeben, von denen uns Bubi erzählt hat. Also, neben all denen, die seine Kollegen während dieser Tagung aufgeführt hatten, bei denen sie sich aber auch nicht klar waren, ob natürlich oder gewaltsam. Schließlich waren auch junge Leute dabei. Und alle wurden in diesen mehr oder weniger verkrampften Positionen aufgefunden. Aber da bin ich schon dabei, alles aufzulisten, mit Fotos der Toten, und sie dann nach Datum und Ort zu sortieren. Ich hab mit den bekannten Fällen schon angefangen. Bis jetzt habe ich, mit dieser Leiche, genau 20 Todesfälle aufgelistet, die allesamt Fragen aufwerfen. Bei sieben davon bekomme ich morgen noch Details der Untersuchungen. Außerdem habe ich auf meine Nachfrage von gestern Abend hin einige Rückmeldungen erhalten. Es sind wohl bis jetzt noch ein paar weitere kleine braune Glasfläschchen bei den Toten gefunden worden. Scheinbar ohne Inhalt. Aber auf meine Bitte hin werden die Dienststellen sie uns sofort zur Untersuchung zuschicken.

Also, ich glaube, das Meiste können wir über das Internet ermitteln, über das Intranet erfahren oder persönlich am Telefon klären. Ich hab schon ein paar Ideen. Die Franzi, die hat echt was drauf, was das Internet angeht. Sie hat auf unserem Computer für das Intranet ja diese Homepage für uns kopiert, wir haben auch schon mit den uns bekannten Dienststellen telefoniert, also mit allen, die bereits einen solchen erstarrten Toten gefunden hatten. In das Intranet können dann alle eventuell neuen Fälle mit den ermittelten Daten eingestellt werden. Damit sind in ganz Deutschland die Ergebnisse der Ermittlungen allen Dienststellen ohne Verzögerung zugänglich. Das geht echt gut."

„Es tut mir leid, ich wollte dich nicht so anfahren. Aber es ist so frustrierend und enttäuschend, nichts zu finden, obwohl dir der Bauch sagt, dass da was nicht stimmen kann." „Weiß ich doch, mein Schatz!" Damit gab Maria ihm einen kurzen Kuss, dann schob sich auch schon Dr. Schopps mit drei Tassen Kaffee auf einem Tablett durch die Pendeltür herein.

Gemeinsam tranken sie den Kaffee, der gar nicht mehr so schlecht schmeckte wie früher. Dabei diskutierten sie zusammen noch über einige Details von Todesarten, die man im Nachhinein nicht mehr feststellen konnte. Alle drei hofften auf die Ergebnisse aus der toxikologischen Untersuchung. Der Tote war inzwischen in der Kühlkammer gelandet. Ausgestreckt, entkrampft.

Gegen drei Uhr in der Nacht gingen alle drei endlich aus dem Haus und verabredeten sich für den nächsten Tag gegen 18 Uhr bei Maria und Emilio zum Grillen und einer ersten Besprechung. Bis dahin sollten die Ergebnisse aus dem Labor auf dem Tisch liegen. Die von der Spurensicherung auch. In der Bücherei war nichts Weltbewegendes gefunden worden, allerdings war man dort in einer Jackentasche des Toten auf ein weiteres kleines, fest verschlossenes braunes Glasfläschchen mit der Zahl 42 gestoßen, das noch ein bis zwei Tropfen einer hellen Flüssigkeit enthielt, wie man durch Schütteln festgestellt hatte. Der Inhalt sollte morgen im Labor noch genauestens untersucht werden. Jetzt hatten sie also bereits sechs Fläschchen gefunden. Immer mit der fast identischen Beschriftung. Die meisten bereits untersucht, ohne Resultat. Andere Ergebnisse lagen noch nicht vor.

Als Maria und Emilio nach Hause fuhren, das Fahrrad von Maria im Kofferraum, besprachen sie kurz das nächste Treffen mit dem gesamten Team. HK Kalbfleisch, Frau Bommerl und Dr. Rotfuchs sollten auch zu dieser Besprechung dazu kommen.

Kapitel 17 – Ermittlungen

Emilio wälzte sich im Bett von einer zur anderen Seite. Er schaute auf die Uhr, vier Uhr in der Früh. Er konnte nicht mehr schlafen. Diese Obduktion vor zwei Tagen ging ihm nicht mehr aus dem Kopf. Kurz war ihm wie ein Blitz die Idee gekommen, wie er vielleicht noch ein Tröpfchen aus den gefundenen Fläschchen herauskitzeln könnte. Die Idee war so elektrisierend, dass er einfach nicht anders konnte, er stand auf. Nach einer Tasse guten, heißen Kaffee legte er für Maria einen Zettel auf den Küchentisch und schwang sich auf sein Fahrrad. Die Straßen waren fast leer, um diese frühe Uhrzeit war kaum jemand unterwegs. Es war angenehm kühl und Emilio trat fester in die Pedale. Der Fahrtwind wehte ihm den Kopf frei. Nach einer guten halben Stunde war er am Gerichtsmedizinischen Institut angekommen.

Kurz bevor er sich auf den Weg gemacht hatte, hatte er den Leiter der Spurensicherung angerufen. Dr. Roland Rotfuchs, kurz Foxi genannt, kam zwar ziemlich verschlafen, aber doch fast gleichzeitig mit ihm im Auto an. Es passierte nicht oft, dass bereits um fünf Uhr in der Frühe im Labor schon Licht brannte. Emilio und Foxi zogen sich Schutzkleidung über. Dann diskutierten sie die anstehenden Untersuchungen und sortierten die Beweismittel. Emilio wühlte in den Boxen und suchte, dann fiel ihm endlich die Plastiktüte mit der kleinen braunen Flasche vom letzten Toten in die Hände. „Ja, da ist sie. Wenn die Informationen der anderen Dienststellen stimmen, wurde eine solche Flasche doch schon ein paar Mal gefunden und untersucht, unter normalen Laborbedingungen. Ohne Ergebnis. Als hätte sich alles in Luft aufgelöst. Ich hab da heute Nacht so eine Blitz-Idee gehabt. Lass uns das doch noch mal unter Vakuum probieren. Was meinst Du? Ihr habt doch hier ein neues Gerät, das hast Du mir doch vor einer Woche noch ganz stolz gezeigt. Vielleicht können wir damit ja etwas finden." Emilio war ganz euphorisch. Beide begannen, die Testreihe aufzubauen.

Die Mittagszeit war schon fast vorüber, als ein lauter Schrei durch das Treppenhaus hallte, gefolgt von einer ganzen Litanei von Jubel- oder auch Schmerzschreien, so genau konnte man das auf den ersten Blick bzw. beim ersten Hinhören nicht ausmachen. Scheinbar gab es da keinen Unterschied. Der Hausmeister war gerade in der Nähe und griff erschrocken zum Telefon. Weiterzugehen wagte er sich nicht. Es dauerte gerade mal zwei Minuten, als auch schon die Bereitschaft mit drei Mann hinter ihm die Treppe hinaufstürmte. Sie hörten die anhaltenden Schreie und gingen dem Lärm nach. Als sie die Tür des Labors öffneten, hinter der der Lärm tobte, konnten sie nicht glauben, was sie sahen: Zwei weiß gekleidete und komplett verhüllte Springteufelchen hüpften durch den Raum, fielen sich um den Hals und schrien immer wieder: „Ja, ja, ja! Heureka, wir haben eine Spur! Ja, wir haben's geschafft!" Entspannt und grinsend lehnten sich die Polizisten in die Tür und sahen dem Treiben zu. Die beiden Gestalten waren so mit ihrem übermütigen Gehüpfe beschäftigt, dass sie nicht gleich bemerkten, wie einer der Kollegen sein Handy aus der Hosentasche holte und damit ihren Tanz filmte. Es dauerte aber natürlich nicht lange, bis der Blick der beiden weißen, scheinbar durchgeknallten Gestalten auf die Personen in der Tür fiel und sie abrupt stehenblieben und verstummten. Sie sahen sich beide an, zogen ihre Mundschutzmasken ab und fingen schallend an zu lachen. Dann grinsten sie die Kollegen übermütig an. Als sie auch noch ihre Schutzbrillen abnahmen, erschienen darunter die Gesichter von Emilio Schlotterbeck und Dr. Rotfuchs.

„Seid ihr beiden nicht schon viel zu alt für solche Kriegstänze?" Kommissar Schultze grinste und schüttelte gleichzeitig den Kopf.

„In so einer Situation darf man das. Dazu ist man nie zu alt. Stellt euch vor: Wir haben in unseren aktuellen Mordfällen endlich eine Spur, minimal zwar, aber endlich eine Spur. Uns ist es gelungen, unter Vakuum eine Substanz in der braunen kleinen Flasche zu bestimmen, die man als Gift bezeichnen kann, wenn auch nur eine winzige Spur davon. Da kann man schon mal übermütig werden! Und jetzt raus hier, sonst verunreinigt ihr nur noch das Labor." Emilio konnte nicht aufhören zu grinsen und deutete auf das Handy des Kollegen. „Wir geben euch auch einen aus, wenn ihr das nicht ins Netz stellt!" „Ja, das glaub aber mal!" Der Kollege grinste und steckte sein Handy weg. Natürlich würde das morgen die Runde machen.

Emilio schloss die Tür und sah seinen Kollegen bedeutungsvoll an. „Ich werde mal als erstes meinen Studienkollegen am Tropeninstitut in Hamburg anrufen und ihm unseren Erfolg vermelden. Mal sehen, was er dazu sagen kann." Leider war der Kollege an diesem Tag nicht im Institut. Emilio hinterließ die Bitte um Rückruf. „Lass uns mal mit den Analysen weitermachen. Wir können doch noch die anderen Fläschchen mit dieser Methode untersuchen. Wie viele wurden eigentlich bis jetzt außerdem noch gefunden? Drei oder vier? Ich fordere sie gleich mal an."

Der Tag war noch jung und beide voller Elan. Kalbfleisch und Schopps kamen höchstpersönlich vorbei, mit den anderen bis jetzt gefundenen Fläschchen, die ihnen von den betroffenen Dienststellen zugeschickt worden waren. Sie wollten selbst den Erfolg der beiden sehen.

Jetzt hatten sie endlich eine Methode gefunden, die kleinen braunen Fläschchen, die ab und zu bei den Toten gefunden worden waren, zu untersuchen, ohne dass gleich alle Wirkstoffe in der Luft verpufften. Allerdings waren immer noch die meisten der in der jetzigen Erfolgsflasche aufgezeigten Substanzen unbekannt. Dafür müsste es irgendwie einen Weg geben, um dieses Material analysieren und ausfindig machen zu können.

Inzwischen saß Maria vor ihrem Computer und arbeitete an den bisher herausgefundenen Daten. Sie wusste noch nichts von dem großen Durchbruch ihres Emilio. Sie hatte zwar beim Aufwachen gemerkt, dass er nicht da war, aber erst als sie in der Küche seinen Zettel gefunden hatte, war sie beruhigt. Diese Fälle ließen sie beide nicht los. Sie hatte den einsamen Vormittag genutzt, um die bisher erstellte Liste auf den neuesten Stand zu bringen. Gerade überlegte sie, ob sie etwas zum Mittagessen kochen sollte, da klingelte ihr Telefon.

Emilio war dran: „Stell dir vor: wir, Foxi und ich, haben heute im Labor endlich Erfolg gehabt." Und dann schilderte er ihr minutiös, wie die Testreihe abgelaufen war. Er hörte sich enthusiastisch an, und das durfte er auch sein, dachte Maria. Auf einmal fing er an zu lachen. Ihm war gerade der Begeisterungstanz eingefallen, den die Kollegen auch noch auf Video aufgenommen hatten. Er erzählte Maria davon. Sie musste grinsen: „Ich werde mal gleich ins Netz gehen, vielleicht seid ihr beiden da ja schon drin. Na, das ist ja mal toll. Ich hab's. Da ist ja das Video." Sie prustete laut heraus. So übermütig hatte sie ihren Emilio ja noch nie gesehen. „Da mach dich mal auf ein paar lustige Kommentare gefasst." Mehr sagte sie nicht dazu, vor lauter Lachen bekam sie kaum ein Wort heraus. „Wann wirst du denn fertig sein und nach Hause kommen?" „Nicht vor heute Nachmittag, so in drei bis vier Stunden. Wir haben gerade noch eine neue Testreihe angesetzt mit der neuen Untersuchungsmethode. Aber ich glaube, heute Abend könnten wir uns doch so ein richtig dickes, saftiges Steak mit Salat machen, mit einem guten Tropfen Rotwein, zur Feier des Tages, was meinst du?" „Na klar, das hast du dir verdient, dann geh ich gleich nachher, wenn die Geschäfte wieder aufmachen, noch zum Metzger einkaufen. Bis dann also und noch viel Erfolg und viele Grüße."

Maria wusste genau, dass Emilio nicht alleine war mit Dr. Rotfuchs. Bestimmt waren inzwischen auch Bubi und Frau Dr. Schopps da. Einen solchen Erfolg mussten sie ja mit allen teilen. Das würde bestimmt spät werden, bis sie alles durchgekaut hatten. Sie hatte also noch jede Menge Zeit, um die Daten weiter zu bearbeiten und das Intranet auf den neuesten Stand zu bringen. Die anderen Dienststellen hatten ja inzwischen die bei den Toten gefundenen Fläschchen nach Gelnhausen geschickt. Ein kurzes Telefonat mit Franzi hatte bestätigt, dass diese Sendungen am späten Vormittag dort angekommen waren. Maria ließ sich die Daten der Fläschchen geben, um sie in ihrer Liste mit aufzuführen bzw. den dort registrierten Toten zuzuordnen.

Ein paar Stunden später saß Maria frustriert vor ihrem Computer. Sie war jetzt mit der Liste zwar fertig, also auf dem neuesten Stand, aber die auf den gefundenen Musterfläschchen aufgedruckten Zahlen bereiteten ihr ziemlich starke Kopfschmerzen. Wenn nun diese Zahlen die ausgegebenen, verteilten Fläschchen bedeuteten, wenn es bis jetzt also 42 Tote gegeben hätte? Sie hatte jetzt gerade mal 25 Namen und Orte von verdächtigen Morden auf ihrer Liste, dazu insgesamt mit den jetzt eingegangenen neun Fläschchen. Je länger sie darüber nachdachte, desto mehr standen ihr die Haare zu Berge: das wäre dann ja ein Serienmörder. Diesen Gedankengang wollte sie gar nicht erst zu Ende denken. Musste sie aber! 42? Wie viele würden noch folgen, bis sie endlich eine wirklich verwertbare Spur vor allem zum Täter hätten? Sie schnappte sich ihre Tasche und ging erst mal einkaufen, um den Kopf etwas frei zu bekommen.

Als Emilio gegen neunzehn Uhr nach Hause kam, saß Maria immer noch oder schon wieder am Computer, schaute allerdings ziemlich gedankenverloren aus dem Fenster. Als sie ein Geräusch hörte, schloss sie die Datei und beendete ihre Arbeit. „Ich kann nicht mehr logisch denken. Ich brauche eine Pause. Lass uns erst mal essen." Damit stand sie auf und sofort umarmte Emilio sie. Er hatte gleich gemerkt, dass sie nicht gut drauf war. „Frustriert?" Zärtlich strich er ihr die verwuschelten Haare aus dem Gesicht. „Ich brauche gerade mal eine Auszeit von dem ganzen Thema. Wir können nach dem Essen darüber sprechen."

Auch Emilio war später ebenso entsetzt wie sie über das Szenario, das sich inzwischen abzeichnete. Ein Serienmörder war unterwegs. Das musste auf jeden Fall auch den Oberstaatsanwalt interessieren. Und da die Morde deutschlandweit entdeckt worden waren, würde sich bestimmt auch das BKA, zumindest jedoch das LKA einschalten. Sobald OS Heinemann dazu grünes Licht gab. Oder etwa nicht? Die gerade erstellte SOKO musste einfach das Zepter in der Hand behalten.

Ein kurzes Telefonat am nächsten Morgen bei Dienstbeginn von Maria mit HK Kalbfleisch mit der Bitte um Information von OS Heinemann müsste die ganze Angelegenheit klären.

Danach gaben Maria und Emilio über das Intranet eine Anweisung an alle Dienststellen und Polizeilabore, wie mit zukünftigen Funden von solchen braunen Fläschchen zu verfahren sei. Und falls in den örtlichen Laboren keine entsprechenden Untersuchungen unter Vakuum durchgeführt werden konnten, sollte man die Flasche sofort luftdicht verpacken und mit Kurier an die Spurensicherung nach Gelnhausen zu schicken, zu Hd. von Dr. Rotfuchs. Hier gab es auf jeden Fall die notwendigen Geräte und Apparaturen, um die Untersuchungen mit der neuen Methode durchführen zu können. Vielleicht hatten sie ja Glück und konnten so noch ein paar mehr Substanzen finden, die in diesem Gift-Cocktail enthalten waren.

Zur nächsten Besprechung fuhren Emilio und Maria am Morgen in die alte Wirkungsstätte von Maria. Hier trafen sie auf das gesamte Team der SOKO, zusammen mit OS Heinemann, neben ihm ein Ermittler vom LKA. Er stellte sich als HK Magenius vor und bat um eine kurze, zusammengefasste Information über die vorliegenden Fälle. OS Heinemann riss die Initiative an sich und gab mit markanten kurzen Worten die Details dieser Ermittlung bekannt.

HK Kalbfleisch schloss mit einer Bemerkung an: „Wir haben inzwischen mit einigen Recherchen vor Ort und über das Internet die Firmen ausfindig gemacht, die solche kleinen braunen Glasfläschchen herstellen. Dann haben wir alle diese Firmen angeschrieben und gebeten, uns Namen und Adressen der Firmen und Apotheken durchzugeben, die diese Fläschchen bezogen haben, falls nötig, mit entsprechendem gerichtlichen Beschluss. Beschränkt auf kleinere Mengen, also maximal 200 und darunter. Eine entsprechende Liste haben wir inzwischen von zwei der kontaktierten Firmen vorliegen, bei drei weiteren Firmen steht die Information noch aus, wurde aber zugesagt. Sobald wir alle Daten vorliegen haben, werden wir die Listen abarbeiten. Außerdem hilft uns ein ehemaliger Studienkollege von mir am Tropeninstitut in Hamburg bei der Bestimmung der Giftarten."

Der LKA-Beamte hörte sich alles an, überlegte kurz und meinte dann lapidar: „So wie ich es sehe, haben Sie die Ermittlungen voll im Griff. Selbstverständlich steht das LKA für weitere Nachforschungen mit all seinen Möglichkeiten am Computer und in den Labors zur Verfügung. Ich bitte Sie, mich über den Stand der weiteren Ermittlungen auf dem Laufenden zu halten." Damit gab er OS Heinemann seine Visitenkarte und verabschiedete sich.

Die zurückgebliebenen Personen sahen sich kurz an und atmeten erleichtert auf. „Na ja, der will auch nicht viel mit langweiligen Nachforschungen im Internet und Listen anlegen zu tun haben. Vielleicht glaubt er ja auch, dass wir einem Hirngespinst nachjagen. Bei Geisterjägern macht das LKA scheinbar einen großen Boden um alles herum. Auf geht's, machen wir weiter." Kalbfleisch und Franzi gingen zurück in ihr Büro, alle anderen in ihre Labors. Als Maria und Emilio gerade aus dem Gebäude traten, klingelte das Handy von Emilio. „Schlotterbeck. Hallo Jochen. Ja, ich hatte angerufen. Wir haben einen Durchbruch erzielt." Dann erzählte er seinem Kollegen vom Tropeninstitut, wie und mit welcher Methode sie bei ihren Versuchen mit den kleinen Fläschchen erfolgreich waren.

Sein Studienkollege in Hamburg brummte kurz zustimmend und meinte dann: „Ich habe inzwischen einige mir bekannte Wissenschaftler in Südamerika und Asien angeschrieben. Heute Mittag kam eine erste Antwort. Es gibt einige seltene Gifte in den Tropen, die für Deine Forschung von großem Interesse sein dürften. Ich sortiere das alles einmal durch und schicke es Dir dann rüber, sobald mir auch von den anderen die Antworten vorliegen. Mit ein paar fachlichen Erklärungen meinerseits. Ich muss aber jetzt schon sagen, Emilio, da bist Du auf ein äußerst delikates und explosives Fachgebiet gestoßen. Die Ergebnisse solltest Du unter keinen Umständen an die Öffentlichkeit gelangen lassen, das könnte gefährlich werden."

„Ich weiß schon, dass wir uns da auf sehr dünnem Eis bewegen. Die ganze exakte Zusammensetzung des verwendeten Gift-Cocktails werden wir so schnell nicht herausfinden, glaub mir. Wir sind dabei doch erst am Anfang, haben gerade mal zwei Substanzen. Zehn kleinere und größere Ausschläge auf der Skala sind noch unbekannt. Und wir wissen doch gar nicht, unter welchen Bedingungen dieses Gebräu zusammengemixt wurde. Es scheint ein absolut flüchtiges Gift zu sein, das diesen Starrkrampf auslöst, was aber schon nach ganz kurzer Zeit weder im Blut noch in den Fläschchen nachgewiesen werden kann. Deshalb ist dieser Erfolg im Vakuum so herausragend. Vielleicht könntet Ihr ja am Institut mit noch besseren Geräten bessere Ergebnisse erzielen. Wir sollten auf jeden Fall in Kontakt bleiben. Aber erst mal vielen Dank für Deine Informationen. Ciao!"

Ziemlich in Gedanken versunken und schweigsam fuhren Emilio und Maria nach Hause. Diese ganzen Informationen und Entwicklungen der Nachforschungen mussten sie erst mal verdauen. Sie beschlossen, sich eine kleine Pause zu gönnen und gingen kurzentschlossen zu ihrem Lieblingsitaliener um die Ecke, eine Pizza essen und ein gutes Glas Rotwein trinken.

Dreiundfünfzig

Kapitel 18 – Sommer

Die Gruppe war jetzt schon seit Stunden unterwegs. Inzwischen waren die 6 Teilnehmer schweißgebadet. Der Aufstieg auf das Rotwand-Massiv war beschwerlich. Zwei Täler, ein steiler Anstieg mit Kletterabschnitten und ein etwas geruhsamerer Weg an einem Alpsee entlang. Die 2 Frauen und 4 Männer gehörten den sogenannten „Best Agers" an, alle Mitte bis Ende vierzig. Sie hatten einen Abenteuer-Urlaub für 3 Tage gebucht, mit Zeltübernachtung in den Bergen und Geocaching am zweiten Tag, am dritten Tag sollte es auf dem Berggrat entlang zum Gipfel gehen, ein schwieriger Weg, aber danach konnten sie alle auf der anderen Seite mit der Seilbahn ab der Almhütte nach unten fahren. Ihr Führer war ein sehr erfahrener Einheimischer, der die Gruppe mit seiner freundlichen Art immer wieder anfeuerte. Zu Beginn der Tour hatte er erklärt, dass hier alle per „Du" wären. Das würde den Umgang auch erheblich vereinfachen. Das heutige Ziel war nur noch eine Stunde entfernt. „Es ist nicht mehr weit. Nur noch über diesen einen kurzen Klettersteig, dann haben wir das heutige Ziel erreicht und können die Zelte aufbauen. Dort ist eine wunderbare kleine Almwiese mit einer Quelle, da könnt ihr euch erfrischen!" Er bemühte sich, hochdeutsch zu reden,

was ihm schon manchmal schwer fiel. Seine Begleiter waren alles Frischlinge in den Bergen, keine Erfahrung. Deshalb hatte er die leichteste Route gewählt. Aber scheinbar immer noch zu schwierig für
diese sechs Personen. Er ging voraus und zeigte den
Ersten den Einstieg, die anderen trotteten erschöpft
hinterher. Endlich, der Platz war erreicht, so anstrengend hatte sich keiner den ersten Tag vorge-
stellt. Es dauerte eine ganze Stunde, bis die kleinen
Zelte aufgebaut waren und der Eintopf aus der Dose
auf einem Camping-Kocher heiß wurde. Als alle satt
waren, das Geschirr sauber und weggeräumt, krochen die sechs Teilnehmer erschöpft in ihre Zelte
und Schlafsäcke.

Am nächsten Morgen bei Sonnenaufgang, viel zu
früh für diese Stadtmenschen, wurden nach dem
einfachen Frühstück die Geräte verteilt, die Koordinaten zugeteilt und die drei Gruppen machten sich
auf den Weg, in unterschiedliche Richtungen. Vorher
hatte der Bergführer noch jedem ein Funkgerät mit-
gegeben, falls sie sich verirrten oder Hilfe brauchten.
Auf ihre Handys sollten sie sich eher nicht verlassen,
hier oben gäbe es keine Funkmasten, wie er nochmals eindringlich betonte. Er würde dann sofort
kommen, solange bliebe er im Lager, das sich im
Moosgrund befand, wie er allen noch beim Abschied
sagte.

Thorsten, ein Bankmanager aus München, und Kilian, Rechtsanwalt aus Hannover, bildeten ein Team, Manfred und Gabi, beide aus Berlin, hatten sich zum zweiten Team zusammengefunden, und Finn, Segellehrer aus Kiel und Tanja, freie Journalistin bei einer Lokalzeitung in Köln, machten sich als drittes Team auf den Weg.

„Schau doch mal, das ist praktisch, wir können glatt hier auf diesem Trampelpfad bleiben. Der scheint genau in die von dem GPS-Gerät angegebene Richtung zu gehen. Wenigstens erst mal." Tanja war noch nie in den Bergen gewesen, es war ihr nicht so ganz geheuer. Außerdem hatte sie absolut keinen Ortssinn. Dreimal mit geschlossenen Augen im Wald rumgedreht, und sie wusste nicht mehr, wie und wo es weiterging und wo sie war. Aber sie hatte eben Abstand gebraucht und Wellness hatte sie in den letzten Jahren genug gehabt. Allerdings war sie auch ein sehr kontaktfreudiger Mensch und kam schnell mit ihren Mitmenschen ins Gespräch. Auch mit Finn. Beide merkten nicht, wie dieser kleine Trampelpfad, dem sie ohne weitere Kontrolle über ihr kleines Navi-Gerät folgten, sie hinein in unwegsames Gelände führte. Sie waren so vertieft in ihr Gespräch, dass sie nicht auf die Richtung achteten und nicht merkten, wie sie eine Wegkreuzung übersahen, sondern einfach geradeaus weiterliefen, wie der Weg immer schmaler wurde, Büsche ihn halb verdeckten und

Steine das Weitergehen erschwerten. Plötzlich traten sie aus dem Gebüsch und den Bäumen heraus und standen auf einem kleinen Plateau, das ihnen eine grandiose Aussicht auf die umliegende Bergwelt bot. Zuerst staunten sie über dieses wunderbare Panorama, dann aber sahen sie sich die Umgebung und ihr Gerät genauer an. Mist, sie waren ein ganzes Stück von den Zielkoordinaten weg. Klar, dass sie bisher nichts von dem gesuchten „Schatz" gefunden hatten. Beide beratschlagten. Wie ging das nochmal mit dem Einstellen der Koordinaten? Welche Koordinaten hatte noch mal der Moosgrund, wo sie sich wieder einfinden sollten? Das musste sich das Gerät doch gemerkt haben! Keiner wusste die Lösung. Sie sahen auf die Uhr. Sie waren seit über drei Stunden unterwegs. Irgendwie waren sie so vertieft in ihre Unterhaltung gewesen, dass sie gar nicht auf ihre Umgebung geachtet hatten. Auch nicht auf die Zeit. Das war nicht gut.

„Verdammt, wo sind wir hier genau? Wir haben uns verlaufen, oder? Was sagt denn das Navi? Sind wir jetzt dort rechts herausgekommen oder geht es da hinten links zurück? Hier ist nirgendwo ein Wegweiser. Siehst du was, Finn?" Dabei drehte sie sich um ihre eigene Achse, zuckte dann mit den Schultern. Das war mal wieder typisch für sie. Sie wusste es, sie hatte einfach keinen Ortssinn.

„Nein, ich weiß auch nicht, wie wir wieder zum Lager zurückkommen können. Ich hab mir die Richtung nicht gemerkt, aus der wir gekommen sind, den Sonnenstand sowieso nicht und die Koordinaten für den Rückweg erst recht nicht. Warum zeigt das Navi den Weg eigentlich nicht an, wie es sollte? Aber die Koordinaten - irgendwo hatte ich mir die doch aufgeschrieben, aber wo? Ich glaub, ich hab den Zettel im Zelt gelassen. Und dieses blöde Gerät funktioniert scheinbar auch nicht richtig. Ich habe vergessen, wie man damit richtig umgeht! So ein Mist aber auch." Dabei schüttelte er es. „Ach, schau mal, Tanja, dort ist eine Bank und da sitzt jemand drauf. Den können wir fragen, bestimmt kann der uns weiterhelfen."

Beide gingen zum Rand des Plateaus, wo eine kleine Bank stand. „Hallo, können Sie uns sagen, wo wir hier sind und wie wir zurück zum Moosgrund kommen?" Bei diesen Worten gingen sie um die Bank herum. Als sie beide vor der Person standen, waren sie kurzfristig stumm, dann fing Tanja an zu schreien, wie am Spieß. Das Echo war bombastisch. Den Schrei hörte man bestimmt noch bis unten ins Tal. Finn legte beide Arme um Tanja und drückte ihren Kopf an seine Schulter, damit sie das Bild nicht weiter anzusehen brauchte. Vor ihnen saß eine Mumie.

Nach einiger Zeit hatten sie beide sich wieder gefangen und gingen hinter die Bank, um die Mumie nicht mehr ansehen zu müssen. Finn holte das Funkgerät heraus. „Hallo, hier ist Finn, hört mich jemand?" Es knackte und knisterte kurz, dann hörte er die Stimme ihres Bergführers. „Hier ist Sepp, was gibt es denn?" „Wir haben eine Leiche entdeckt." „Was? Wie? Wo seid ihr?" „Wir sind hier auf einem Plateau und können von hier aus in ein Tal hintersehen. Unten ist ein kleines Dorf, ein paar Häuser nur. Aber wir wissen nicht, wo wir genau sind und wie wir wieder zurück zum Lager kommen. Irgendwie haben wir uns verirrt. Viel zu viel Zeit gebraucht. Und das Gerät scheint auch nicht mehr zu funktionieren. Übrigens, die Leiche ist schon etwas älter, sieht wie eine Mumie aus."

„Wie seid Ihr denn da hingekommen? Na ja, egal. Wo steht denn jetzt die Sonne? Was zeigt denn Euer Navi an? Wie, nichts? Gib mir halt mal eure Koordinaten durch. Keine da? Was habt Ihr denn mit dem Gerät angestellt? Dann beschreib mir doch einfach noch mal, wie ihr gelaufen seid. Aha! Ich glaube, ich weiß, wo ihr seid. Bleibt dort bitte, ich komme. Bin in einer guten Stunde da."

Finn und Tanja gingen einige Schritte von der Bank weg und setzten sich ins Gras. Beide waren noch etwas bleich um die Nase und mussten sich gegenseitig beruhigen. Der Tag war gelaufen. Das Geocaching auch. Gut, dass sie Wasser und eine kleine Brotzeit dabei hatten.

Eine halbe Stunde später hatte sich Tanja soweit wieder gefangen, dass sie ihren Fotoapparat aus dem Rucksack herausholen und Aufnahmen von der Leiche machen konnte, von allen Seiten. Als Journalistin kannte sie die Details, auf die sie achten musste. Das wird eine gute Story, dachte sie, wenn auch eine ziemlich gruselige.

Eine gute Stunde später traf ihr Bergführer ein. Er musste geflogen sein, dabei war er nur leicht außer Atem. Er umrundete die Bank, dann sprach er kurz in sein Funkgerät. „Hier ist Sepp. Auf dem Murmelplateau sitzt eine Leiche. Ja, wir warten."

„So, was ist das jetzt mit eurem Navi-Gerät? Zeigt doch mal her." Damit nahm Sepp das Gerät, stellte die Koordinaten für die Rückkehr der beiden Touristen ein, murmelte etwas von unfähigen Stadtmenschen in seinen Bart und gab Finn das Gerät zurück. „So, ich habe euch den Rückweg eingestellt. Ihr könnt euch ganz danach richten. Vorsichtshalber zeige ich euch aber auch noch mal den Rückweg ins Lager. Es ist ganz einfach. Immer dort vorne links an dem kleinen Wasserlauf führt der schmale Pfad entlang, nach einer halben Stunde stoßt ihr auf den

Hauptweg, den geht ihr nach links, immer dem Richtungsweiser Moosgrund nach und nach einer guten Stunde habt ihr das Lager erreicht. Das könnt ihr gar nicht verfehlen. So weit weg ist das gar nicht. Da seid ihr heute Vormittag wohl ein bisschen Zickzack gegangen. Ich muss hier noch auf die Bergrettung mit dem Hubschrauber warten. Dann komm ich nach."

Finn und Tanja machten sich auf den Weg, den sie ohne Schwierigkeiten bis zum Moosgrund fanden. Im Lager kochten sie sich einen Tee und warteten. Nach einiger Zeit kamen die beiden anderen Gruppen zurück. Finn und Tanja erzählten ihnen kurz von ihrem Abenteuer, dass sie sich verirrt hatten. Die anderen wollten nicht glauben, dass man mit einer so genauen Karte, wie sie das Navi aufwies, sich überhaupt verirren konnte. Die Diskussion war noch lebhaft im Gange, als endlich auch ihr Bergführer eintraf. „So, der Hubschrauber hat den Toten abtransportiert. Die trockene Luft der letzten Wochen und der Wind haben die Leiche wohl so austrocknen lassen, dass sie wie eine Mumie aussieht. Wie es scheint, ist der Herr seit ca. fünf bis acht Wochen tot. Es ist ein Wunder, dass noch keine Tiere über ihn hergefallen sind und er so wohlbehalten aussieht. Ich koche uns erst mal ein gutes Abendbrot, und eine heiße Schokolade hinterher, dann wird es Euch gleich besser gehen."

Thorsten, Kilian, Manfred und Gabi löcherten die beiden, Finn und Tanja, und wollten alles über deren Fund auf dem Plateau wissen. Das Geocaching und die zu findenden Preise waren Nebensache, aber einen mumifizierten Toten fand man ja schließlich nicht jeden Tag. Es war schon lange dunkel, bis sie endlich in ihre Zelte krochen.

Am nächsten Tag ging es einen schwierigen Klettersteig hinauf zum Berggipfel. Unterwegs löcherten alle ihren Bergführer nach weiteren Neuigkeiten von dem Toten und Mutmaßungen, wer er war, warum ihn noch kein anderer gefunden hatte, woran er gestorben sein mochte. Irgendwann am Nachmittag kamen sie auf der Alm an, von wo aus sie nach einer ausgiebigen Vesper mit der Seilbahn zurück ins Tal fahren wollten. Aber zuerst drängten sie ihren Bergführer, doch bei der Bergrettung anzurufen und nach Informationen zu fragen. Vor allem Tanja wollte Einzelheiten über den Toten wissen. Natürlich hatte sie niemandem erzählt, dass sie über diesen Fund einen Bericht für die Zeitung schreiben wollte. Alles, was sie über Funk erfuhren, war, dass der Tote wohl eines natürlichen Todes gestorben war und seit mindestens 5 Wochen oder länger dort oben auf der Bank saß. Es lag eine Vermisstenanzeige vor über einen Wanderer aus Leipzig, die Daten mussten aber noch abgeklärt werden, das würde allerdings noch ein paar Tage dauern. Mehr war an Informationen nicht zu bekommen. Tanja war damit zufrieden und stellte im Kopf bereits den Text für die Veröffentlichung zusammen.

Nach ihrer Ankunft im Tal ging die kleine Gruppe in ihr Hotel, wo sie alle noch eine Nacht verbringen wollten. Zum Abendessen saßen sie dann in einem gemütlichen kleinen Restaurant und diskutierten über ihr „verrücktes Geocaching Abenteuer".

Zwei Tage später erschien in einer bundesweit erscheinenden Zeitung ein großer Artikel über diese „Mumie in den Alpen". Mit einem großen Foto und den etwas aufgebauschten Informationen, die Tanja am Fundort erfahren hatte. Auch Kommissar Kalbfleisch las diesen Artikel, Maria und Emilio ebenfalls. Maria fügte diesen Toten ihrer Liste hinzu, die sie inzwischen erstellt hatte. Sie ermittelte darüber hinaus den Namen und die Telefonnummer der Journalistin und telefonierte mit ihr. Damit waren es schon 32 Tote, die sie bis jetzt ermittelt hatten.

Kapitel 19 - Ermittlungen

Natürlich war von dem Toten am Berg keine weitere Erkenntnis zu bekommen. Die Autopsie und die Laboruntersuchungen ergaben rein gar nichts. Dazu war der Tod schon viel zu lange her.

Maria vervollständigte ihre Liste im Intranet. Dann ging sie die Liste der Firmen weiter durch, die gestern von den Herstellern der kleinen braunen Glasfläschchen eingegangen war. Es waren mehrere Seiten, mit Adressen und Telefonnummern der Besteller. Vor allem Pharmafirmen, Hersteller und Vertriebe von Medizinprodukten. Aber es waren auch einige Apotheken dabei. Maria sortierte diejenigen Firmen aus, die über 200 Stück bestellt hatten. Dann begann sie, die restlichen Besteller der Fläschchen anzurufen.

Emilio war inzwischen wieder ins Institut gefahren, um mit Dr. Rotfuchs weitere Experimente mit allen möglichen und unmöglichen Giften zu machen. Dieses Thema ließ ihn nicht los, es war einfach viel zu interessant und komplex, wenn auch gefährlich. Immerhin mussten sie sich bei diesen Experimenten komplett verkleiden, mit Schutzanzug, Brille, Mundschutz und Handschuhen, obwohl die Versuche in abgeschlossenen Boxen mit Handschlauch-Zugriff erfolgten. Sie wollten auf gar keinen Fall ein Risiko eingehen.

Aber am Ende des Tages waren sie keinen Schritt weitergekommen. Auf dem Heimweg fuhr Emilio noch beim Chinesen vorbei und nahm etwas zum Abendessen mit. Er war komplett ausgehungert, wie er an der Theke festgestellt hatte. Deshalb fiel seine Bestellung auch etwas üppiger aus als sonst. Maria hat bestimmt nichts vorbereitet, dachte er. Als er weggegangen war heute Vormittag, hatte sie schon total vertieft in die Thematik am Computer gesessen. Dabei vergaß sie immer alles, auch das Essen. Das wusste er aus Erfahrung.

Als er die Wohnungstür öffnete, war es in der Wohnung still. Keine Musik, keine Geräusche, nichts. Nur im Arbeitszimmer brannte Licht. Er stellte die Kartons in die Küche und schaltete das Licht im Flur an. Maria saß an ihrem Computer, das Telefon daneben. Ihren Kopf hatte sie auf ihre Hände gestützt und der Bildschirm lief im Sparmodus. Leise schlich Emilio näher. Sie schlief, ihre Augen waren geschlossen. Ganz sachte beugte er den Kopf und gab ihr einen Kuss auf die Schläfe. „Hmm, du riechst aber gut. Chinesisch?" „Richtig, ich hab uns was mitgebracht. Komm mit raus in die Küche. Du hast bestimmt heute noch nichts gegessen, oder?" Maria hob den Kopf und sah Emilio mit aufgerissenen Augen an: „Nein, das hab ich einfach total vergessen, die Zeit ist so schnell vorbeigegangen. Wasser, ich hab Durst. Sogar das Trinken habe ich versäumt. Gut, dass du jetzt da bist." Sie schmiegte sich an ihn und schnurrte wie eine verträumte Katze. Er legte einen Arm um ihre Taille und zusammen gingen sie in die Küche, zu ihrem Chinesischen Buffet und einer Kanne mit eiskaltem Wasser.

Maria genoss die vielen verschiedenen chinesischen Gerichte, die Emilio mitgebracht hatte, und sie konnte perfekt mit den Stäbchen umgehen. Gerade schob sie sich ein Stückchen von der knusprigen Ente in den Mund, als ihr etwas einfiel. „Ich habe heute die ganze Liste abtelefoniert und dabei einige Apotheken ausfindig gemacht, die solche braunen Fläschchen auf Wunsch ihrer Kunden bestellt haben. Morgen bekomme ich die Adressen dieser Kunden. Die waren nicht sofort zu finden. Einige Unterlagen müssen wohl noch mühsam gesucht werden. Ich dachte, ich frage mal nach Einzelpersonen, die diese Fläschchen bestellt haben und mit Karte oder in bar bezahlt haben. Deshalb ist die Recherche vor Ort etwas schwierig. Aber - vielleicht haben wir dann ja endlich eine Spur zu dem Täter. Und wie ist es bei dir so gelaufen heute?"

„Nichts, die Tests waren allesamt ohne das gewünschte Ergebnis. Morgen machen wir weiter, falls nichts dazwischen kommt. Möchtest du noch ein Glas Wein?"

Am nächsten Morgen in aller Herrgottsfrühe klingelte das Handy von Emilio. Gerade war er aus der Dusche gekommen. Sein Studienkollege aus Hamburg war dran. „Hallo Emilio, einen wunderschönen guten Morgen wünsche ich Dir. Ich habe gute Neuigkeiten für Dich. Meine Kollegen in Südamerika haben mir einige Berichte geschickt. Daraufhin habe ich vorhin nochmal mit Prof. Morales in Buenos Aires telefoniert, dort ist gerade mal Mitternacht vorbei und ich weiß, dass er lange arbeitet. Sein Bericht war der interessanteste, den ich bis jetzt erhalten habe und er konnte mir wirklich weiterhelfen. Er war letztes Jahr am Amazonas und Orinoko auf einer Forschungsreise. Dabei hat er durch die Einheimischen eine Menge Informationen über die Wirkung von teilweise hier noch unbekannten Giften in Pflanzen, Schlangen, Kröten und Fröschen erhalten. Es gibt dabei eine große Anzahl, die ein Gift zum Schutz ihrer Art produziert. Einige dieser Gifte könnten bei Eurem Cocktail eine Rolle spielen. Außerdem wurde ihm von einer Blume berichtet, die nur alle zwei Jahre blüht und die eine unglaublich interessante, aber absolut sofortige tödliche Wirkung haben soll. Er schickt mir umgehend nähere Details per E-Mail zu. Sobald die Info hier eingeht, gebe ich sie an Dich weiter. Außerdem will er per Kurier ein paar Proben rüberschicken. Ich melde mich, sobald ich die Sendung in den Händen halte. Ich kann nur sagen, wer damit hantiert und diesen Gift-Cocktail zusammengebraut hat, ist ein komplett verrückter, hinterhältiger Psychopath. Seid nur vorsichtig. Ich hoffe, Ihr schnappt ihn bald. Viel Erfolg!"

Damit verabschiedete er sich. Emilio war kaum zu Wort gekommen. Aber jetzt war er doch sehr perplex. Er musste sich erst mal setzen. Es kam Bewegung in ihre Untersuchungen. Das war doch eigentlich sehr positiv. Warum fühlte er sich dann aber so deprimiert? Der verrückte, hinterhältige Psychopath. Das war es, was ihm zu schaffen machte. Und dass er unberechenbar war. Sie hatten immer noch keine Spur von ihm. Ein Serienmörder. Wie sollten sie es ihm beweisen? Wie konnten sie ihm auf die Spur kommen?

Vielleicht brachte ja die Recherche von Maria bei den Apotheken etwas Licht ins Dunkel. Geduld, das war es, was sie am meisten brauchten.

Sechsundsechzig

Kapitel 20 – Sommer

„Ich hab Hunger!" Familie Hansen war jetzt seit einer knappen Stunde auf dem Weg in den Urlaub, Hamburg lag hinter ihnen, aber der Weg in den Süden nach Lindau am Bodensee war noch lang, sehr lang.

„Du kannst noch keinen Hunger haben. Wir haben doch gerade erst gefrühstückt und du hast dein Brot auch ganz aufgegessen. Also, mein Schatz, bis zur nächsten Pause musst du dich noch ein bisschen gedulden. Spiel doch was, oder schau dir das neue Buch an." Dieser Vorschlag der Mutter kam bei einem 4-jährigen kleinen gelangweilten Mädchen nicht so gut an. Sie maulte und quengelte und schien zu überlegen, womit sie eine Pause erzwingen konnte. Autofahren war ja soo langweilig!

„Wann sind wir endlich da?" Der Vater hinter dem Steuer sah seine Frau kopfnickend an, als wollte er sagen: siehst du, hab ich es nicht gesagt. Dann meinte er zu seinem 8-jährigen Sohn Jonas: „ Jetzt fang du nicht auch noch an. Es dauert noch eine Weile, lies was."

„Ich muss mal Pipi!" Die süße kleine Maus auf dem Rücksitz war jetzt gar nicht mehr so süß und freute sich, dass sie endlich die richtige Idee gehabt hatte. Da musste der Papa jetzt aber eine Pause machen. Dann gab es bestimmt auch was zu naschen.

„Der Papa hält am nächsten Parkplatz. Das dauert noch ein paar Kilometer. So lange wirst du schon noch aushalten, Jenny, mein Schatz. Halt mal nach einem großen blauen „P" Ausschau."

Nach ein paar Kilometern meldete sich die kleine Jenny wieder: „Ich muss aber mal gaaanz, ganz dringend Pipi!" Langsam war der Vater genervt. „Wir sind hier auf der Autobahn, da kann ich nicht einfach so plötzlich anhalten. Schau, dort vorne wird bestimmt bald ein Parkplatz angekündigt, da fahren wir dann drauf, aber solange musst du noch einhalten."

„Ich sehe ein großes blaues „P", meinte Jonas, der große Bruder, kurz darauf. „Ich auch, ich auch!" krähte daraufhin die kleine Jenny.

Papa Hansen setzte den Blinker und fuhr auf den Abbiegestreifen. Die Fahrstreifen auf dem Parkplatz waren mit Kopfsteinpflaster versehen und sehr schmal und holprig. Der Parkplatz schien sehr klein zu sein und war mit vielen Bäumen bestanden, meistens Kiefern. Obwohl die Sonne schien, war es unter den Bäumen düster, irgendwie bekam man dabei eine Gänsehaut und schaute instinktiv immer wieder über die Schulter. Der Weg für die PKW ging in einem weiten Bogen nach rechts oben, um dort in einer Spitzkehre wieder nach links parallel zur Autobahn abzubiegen. Der Wald war nur soweit wie notwendig für diesen gepflasterten Weg gerodet, ab und zu gab es einen Abstellplatz für ein Auto, der Parkgrund war planierter Waldboden. Von der Autobahn oder dem LKW-Parkstreifen konnte man den PKW-Abstellplatz nicht einsehen. Der dunkle Wald verstärkte noch den unheimlichen Eindruck.

Ganz schön gespenstisch und gruselig, dachte Frau Hansen. Sie sah ihren Mann an, er schien genauso zu denken. Also schnell alles erledigen, und dann nichts wie wieder weg. Ihre kleine Tochter hatte sich schon abgeschnallt und wollte raus. Herr Hansen lenkte das Auto auf den zweiten Abstellplatz, der erste Platz vorne nach der Kurve war bereits besetzt. Allerdings war niemand auf den ersten Blick im Fahrzeug zu sehen. Schnell öffnete Frau Hansen die rückwärtige Tür für ihre Tochter und verschwand mit ihr hinter dem nächsten Baum. Herr Hansen stieg aus, schaute sich kurz um und öffnete seinem Sohn die Autotür. „Bitte bleib am Wagen, ich hol nur schnell was zu trinken und zu essen aus dem Kofferraum." Aber Jonas schien ihm nicht unbedingt zugehört zu haben. Er stieg aus, starrte gebannt auf den PKW auf dem ersten Abstellplatz und ging dann langsam zu dem anderen Auto hin. Dort blieb er neben der Fahrertür stehen und schaute neugierig hinein. „Du, Papa!", rief er und wandte sich zu seinem Vater. Der sah ihn und rief ihm zu: „Jonas, komm sofort wieder her, was hab ich dir eben gesagt? Du sollst hier am Auto bleiben!" Jonas rührte sich nicht, deutete nur auf das fremde Auto und meinte: „Der Fahrer sieht aber komisch aus, Papa. Der hat die Augen auf, aber guckt gar nicht zu mir hin. Der rührt sich gar nicht. Seine Finger sind ganz blau!" Dabei tippte er mit seinem kleinen Zeigefinger auf die Fensterscheibe.

Herr Hansen ließ blitzschnell die Wasserflasche fallen und stand auch schon neben seinem Sohn. Ein Blick in den Wagen ließ ihn seinen Sohn am Arm nehmen und zu dem eigenen Auto zurückziehen. „Du bleibst jetzt mal bitte hier stehen. Tu einmal das, was ich dir sage, verstanden? Ich schau noch mal nach, ob dem Mann was fehlt. Vielleicht ist er ja nur krank." Hoffentlich, dachte er dabei. Sein Verstand rotierte, blitzschnell gingen ihm die gruseligsten Szenarien durch den Kopf. Seine Hand tastete nach seinem Handy. Dann ging er langsam zurück zu dem fremden Fahrzeug. Er schaute noch mal genauer hin, schüttelte entsetzt den Kopf, dann wendete er sich ab, holte sein Handy aus der Hosentasche und wählte die 110.

„Hallo, hier ist ein Notfall. Mein Name? Hansen. Entschuldigung. Wir sind auf dem Weg in den Urlaub auf der A7, befinden uns zur Zeit auf dem Parkplatz

Quakenbrück, ja, der mit dem Waldbestand, dem Kopfsteinpflaster und dem Weg für PKW, der in einer rechts/links Kurve nach oben geht. Ja, auf der A7 Richtung Hannover. Die genauen Kilometer? Guter Mann, woher soll ich die denn jetzt wissen. Hier steht ein Auto mit einem Mann drin, ich glaube, er ist tot. Bitte schicken Sie schnell jemanden vorbei. Jonas, was machst du hier? Habe ich dir nicht gesagt, du sollt am Auto bleiben? Geh bitte sofort zurück. Entschuldigung, Herr Wachtmeister, aber mein Sohn Jonas soll das nicht sehen. Bitte schicken Sie schnell jemanden vorbei. Wir sind auf dem Weg in den Urlaub und die Kinder sind schon ganz ungeduldig. Ja, wir bleiben, bis Sie kommen. Hoffentlich dauert das nicht so lange. Nein, wir fassen nichts an. Ach, Sie haben schon ein Auto losgeschickt? Gut, bis in 10 Minuten dann."

Frau Hansen kam mit ihrer Tochter aus dem Gebüsch. „Was ist denn hier los? Wieso steht ihr da bei dem fremden Auto? Halt, Jenny, ab in unser Auto. Es gibt noch was zu trinken und dann fahren wir weiter."

„Nein, das wird nicht gehen. Wir müssen auf die Polizei warten."

„Polizei?" „Polizei?" „Polizei?"

Es war wie ein dreifaches Echo. Erst seine Frau, ganz entsetzt, dann die Kinder, jeweils eine Tonlage höher und fürchterlich neugierig.

„Ich dreh noch durch. Mit dem Mann hier im Auto stimmt was nicht. Er ist scheinbar krank. Ich hab die Polizei angerufen. Gleich kommt ein Wagen vorbei. Wir müssen solange warten."

„Um Gottes Willen. Ab ins Auto mit euch, Kinder, aber sofort!" Der energischen Stimme ihrer Mutter wagten die beiden Kinder nicht zu widersprechen. Schnell kletterten sie in ihre Kindersitze und holten ein Bilderbuch hervor. Allerdings waren sie mehr damit beschäftigt, nach dem anderen Auto zu sehen, als zu lesen. Ihre Mutter hatte ihnen beiden noch einen Schokoriegel zugesteckt. Das Warten wurde ihnen langweilig und so waren sie erst mal mit Essen beschäftigt und mit dem Versuch, doch noch etwas von den Geschehnissen hinter ihnen mitzubekommen.

Nach kurzer Zeit waren die Martinshörner eines Polizeiautos zu hören. Herr Hansen war in die Zufahrt gegangen, um die Polizei auf den Parkplatz aufmerksam zu machen. Ein Rettungswagen kam zusammen mit der Polizei an. Als die Kinder die Sirenen gehört hatten, wollten sie schnell wieder aus dem Auto springen, aber mit all ihren Kräften und gutem Zureden gelang es ihrer Mutter, das zu verhindern. Um die Kinder abzulenken, blieb Frau Hansen bei ihnen im Auto. Allerdings zerrte dieser ganze Vorfall enorm an ihren Nerven.

„Gut, dass Sie endlich da sind. Die Kinder werden ungeduldig, aber sie sollen das um Himmels Willen nicht sehen. Meine Frau hält sie im Auto zurück. Aber lange können wir nicht mehr warten. Können wir denn dann weiterfahren?"

„Zu allererst müssen wir mal einen Blick in den Wagen werfen und sehen, was los ist."

Der Polizist ging mit seinem Kollegen und einem Rettungssanitäter zu dem Wagen und öffnete dort vorsichtig die Fahrertür, die unverschlossen war. Ein widerwärtiger Geruch kam ihm entgegen. Es war nicht zu übersehen und auf jeden Fall konnte man riechen, dass der Mann hinter dem Steuer tot war, und zwar schon eine ganze Zeitlang. Der Polizist schloss ganz schnell wieder die Tür und meinte zu seinem Kollegen: „Wir brauchen die Spurensicherung. Der Rettungswagen kann wieder abfahren. Die Einfahrt zum Parkplatz wird gesperrt und dann überprüfen wir schon mal das Kennzeichen."

„Können wir jetzt weiterfahren?" Herr Hansen war ungeduldig. Immerhin lag noch ein weiter Weg bis zum Bodensee vor ihm. An das Nörgeln und die

Streitereien der Kinder mochte er schon gar nicht denken.

Ein Polizist nahm alle Daten der Familie Hansen auf und notierte sich auch genauestens die Aussage, dann musste Herr Hansen unterschreiben. Erst dann durften sie ihre Urlaubsreise fortsetzen. Allerdings waren er und seine Frau so geschockt von dem grausigen Fund, dass sie die nächste Raststätte anfuhren und erst einmal eine Stunde Pause einlegten, sehr zur Freude der Kinder, denn sie durften sich Pommes bestellen und ein Eis. Den beiden Erwachsenen war allerdings der Appetit vergangen.

Auf dem Parkplatz herrschte inzwischen reger Betrieb. Die Spurensicherung und ein Gerichtsmediziner waren gekommen. Dieser stellte fest, dass der Tote vor mehr als zwei Tagen gestorben sein musste. Die Leichenstarre hatte sich schon teilweise wieder gelöst. Aller Wahrscheinlichkeit nach war es ein natürlicher Tod, plötzliches Herzversagen. Aber genau konnte das erst die Autopsie sagen. Der Tote wurde abtransportiert, das Auto abgeschleppt. Die Spurensicherung durchkämmte noch die nähere Umgebung. Danach, am späten Nachmittag, wurde der Parkplatz für den Verkehr wieder freigegeben.

Nach zwei Tagen lagen endlich alle Ergebnisse vor, es wurde festgestellt, dass kein Fremdverschulden vorlag, der Tod plötzlich eingetreten sein musste. Spuren am Toten, am Wagen oder auf dem Parkplatz bzw. dort im Wald wurden nicht gefunden. Das einzig Ungewöhnliche war eine leichte Rötung der hinteren Nasenschleimhaut. Es wurde aber kein Schnupfen festgestellt. Vielleicht eine Allergie. Die toxikologischen Untersuchungen dazu dauerten noch an. Anhand des Kennzeichens wurde der Halter des Fahrzeugs ermittelt. Es handelte sich um einen Mann aus Neumünster, der vor drei Tagen als vermisst gemeldet worden war.

Der ermittelnde Beamte gab die Akte an seinen Vorgesetzten in Hamburg, Hauptkommissar Hansen weiter. Der erinnerte sich an dieses Seminar in Hannover, an seinen Kollegen aus Hessen, HK Kalbfleisch, an ein Schreiben vor einiger Zeit im Intranet über ungewöhnliche Todesfälle. Wenn er sich richtig entsann, waren es inzwischen einige Tote deutschlandweit. Er öffnete die Seite sofort, las alles durch und war erstaunt, was sich inzwischen aus dieser damaligen seltsamen Wette heraus alles entwickelt hatte. Sehr interessant, da hatte Kalbfleisch also doch den richtigen Riecher gehabt. Er stellte die Informationen zu dem aufgefundenen Toten sofort in die Seite ein. Kurz darauf bekam er eine Antwort von einer Hauptkommissarin a.D. Gerstenkorn, die sich bedankte und um weitere Informationen von Seiten des Gerichtsmediziners bat. Speziell fragte sie nach einem kleinen braunen Glasfläschchen, ob das im Auto des Toten gefunden worden sei. HK Hansen leitete die Anfragen weiter und gab kurz darauf im Intranet dazu Bescheid.

Kapitel 21 - Ermittlung

Maria hatte den neuen Toten von dem Parkplatz an der Hamburger Autobahn in ihre persönliche Liste integriert, mit allen Details, die sie von Kommissar Hansen erhalten hatte. Allerdings war das nicht besonders viel, dafür war die aufgefundene Leiche bereits seit mindestens 12 Stunden tot und somit brachte eine Untersuchung kein ermutigendes Ergebnis. Aufgrund der bis jetzt gefundenen Toten und den damit gewonnenen Erfahrungen wussten die Ermittler der SOKO, dass hier keinerlei Spuren mehr zu erwarten waren. Die Spurensicherung hatte das Auto und die Umgebung, den gesamten Parkplatz also auch mit angrenzendem Wald gründlich und penibel abgesucht. Trotzdem, nicht das kleinste Fitzelchen wurde gefunden. Als hätte der Täter sich in flüssiges Plastik getaucht, als trüge er ein Ganzkörperkondom. Es war einfach zum Mäuse melken, nirgendwo, bei keinem der Toten, auf keinem der gefundenen Fläschchen hatten sie etwas gefunden, keine DNA-Spuren, keine Fingerabdrücke, nichts.

Abends saßen sie wieder alle auf der Dachterrasse von Maria und Emilio, und besprachen die Ergebnisse der bisherigen Ermittlung. Maria hatte ihre Liste ausgedruckt und gab sie in die Runde, damit jeder einen Blick darauf werfen konnte.

Franzi war entsetzt. „40 Tote sind bis jetzt hier auf Marias Liste aufgeführt. Ist Euch schon mal aufgefallen, dass das hier der schlimmste Serientäter seit Kriegsende zu sein scheint? Einer, der mit einem uns unbekannten Gift mordet? Wer ist der Täter? Wieso kann man keine Spur von ihm finden? Ich finde das äußerst beunruhigend. Ihr nicht auch? Da krieg ich ja eine Gänsehaut."

„Ja, wir auch. Aber vor allem wissen wir nicht, ob das alle sind. Nach der Nummer auf dem zuletzt gefundenen Fläschchen könnten es noch mehr sein. Wenn denn die Nummern relevant sind. Lasst uns doch alle zusammen mal herausfinden, was wir noch tun können, um dem Täter auf die Spur zu kommen. Wir haben bis jetzt doch schon die Apotheken gefunden, die größere Mengen dieser braunen Fläschchen geordert hatten. Haben wir von dort die entsprechenden Namen der Abnehmer erhalten?"

HK Kalbfleisch hatte ein sehr gutes Gedächtnis. Außerdem einen Spickzettel mit allen bis jetzt ermittelten Fakten. Also rekapitulierten alle zusammen, was bisher ermittelt worden war:

Alle bisher gefundenen kleinen Fläschchen wurden mit der von Schlotterbeck und Rotfuchs herausgefundenen Methode untersucht. Es wurden unterschiedliche, winzig kleine Mikro-Spuren verschiedener bekannter Gifte gefunden, die in ihrer Zusammensetzung allerdings nicht die bisherige Wirkung erzielt haben konnten. Einige Spuren waren aber noch unbekannt und noch nicht zuzuordnen. Die Ergebnisse wurden an das Tropeninstitut in Hamburg zur weiteren Analyse gegeben.

Dort hatte man mit den bisher gefundenen Giftspuren Experimente gemacht, um die Wirkung in höherer Dosis zu erforschen. Mit erstaunlichen Ergebnissen. Der Bericht war gestern von Emilio an Kalbfleisch weitergegeben worden.

Bis jetzt hatten sie also bereits 40 ähnlich geartete Fälle zusammengetragen. Sie wurden auf der Liste mit allen Details und Informationen eingetragen. Aber es war nicht gesagt, dass alle wirklich zu dieser Serie gehörten.

Aber die Ermittler traten immer noch auf der Stelle, was den Täter anging. Bis jetzt keine Spur und keine Idee, wer das gewesen sein könnte.

Aufgrund der über ganz Deutschland verstreuten Fundorte der Leichen nahm Maria an, dass es eventuell ein Monteur oder Vertreter sein könnte, der die Morde beging. Sie war inzwischen fest davon überzeugt, dass es nur eine einzige Person sein konnte, dass es aber auf jeden Fall ein Serientäter war.

Es war schon sehr spät und ging auf Mitternacht zu, als die Gruppe sich schließlich auf den Heimweg machte. Morgen musste HK Kalbfleisch seinem Chef, OS Heinemann, Bericht erstatten. Er hatte dabei eine schwere Aufgabe vor sich: Er musste den Staatsanwalt überzeugen, endlich die Medien einzuschalten und die Leute zu warnen, von Unbekannten irgendwelche Medikamente und Warenproben anzunehmen. Vor allem aber sie nicht zu öffnen und sie keinesfalls auszuprobieren.

Ein Gedanke beruhigte Kalbfleisch allerdings: Er hatte genug Argumente und Fakten durch die umfangreichen Ermittlungen, die er dem Staatsanwalt und dem LKA vorlegen konnte, die dafür sprachen, dass dieser aufsehenerregende Fall endlich öffentlich gemacht werden musste. Aufgrund der Informationen über die Ergebnisse der Experimente in Hamburg am Tropeninstitut und den Ermittlungen der SOKO blieb der Staatsanwaltschaft gar nichts anderes übrig, als die Medien zu informieren. Es gelang Kalbfleisch endlich, den OS und das LKA davon zu überzeugen.

Das LKA und OS Heinemann beriefen für den nächsten Tag eine Pressekonferenz ein. Nach einer kurzen Übersicht über die bisherigen Ermittlungen baten sie dabei die Journalisten, eine Warnung an die Bevölkerung herauszugeben, keine Warenproben in kleinen braunen Glasfläschchen von Unbekannten anzunehmen, da darin ein tödliches Gift enthalten sein könnte.

„Habt Ihr die Nachrichten gesehen? Und die Zeitungen gelesen?" HK Kalbfleisch klang ganz aufgeregt, als er noch am späten Nachmittag bei Maria und Emilio anrief.

„Gesehen ja, gelesen nein!" Emilio wusste nicht recht, ob er der Euphorie von Bubi beipflichten sollte. Er war skeptisch. „Ich habe gerade mit meinem Kollegen in Hamburg telefoniert. Er findet die Nachrichten im TV sehr gut, sachlich und objektiv. Die Experimente gehen übrigens weiter, mit den aus Südamerika inzwischen eingegangenen Proben. Dauern aber wohl noch ein paar Tage. Mal sehen, was dabei rauskommt. Wir müssen abwarten. Vor einer halben Stunde sind ein paar interessante Listen der Apotheken hereingekommen, Maria wertet sie gerade aus. Ich denke, wir telefonieren morgen wieder miteinander. Bis dahin, Ciao!"

Vierundsiebzig

Kapitel 22 – Sommerferienzeit

Heidelberg summte wie ein Bienenstock. Es war Hochsaison. Die Touristen bevölkerten die Straßen, die Geschäfte, Lokale, Cafés, überall war alles voll mit Touristen. Scharenweise, Gruppen, aus aller Herren Länder. Vor allem aus China und Korea. Bei einigen Geschäften musste man draußen erst mal eine Zeitlang warten, bevor Platz für weitere Besucher und Kunden war. Lange Schlangen bildeten sich am Eingang zum Schloss, das natürlich jeder einmal besichtigt haben musste. Noch länger waren die Schlangen vor der zweiten Attraktion des Ortes, der Molkenkurbahn und der Königstuhlbahn, eine alte Zugseilbahn, die von der Altstadt zur Molkenkur und von dort zum Königstuhl fuhr. Das musste jeder halt mal gesehen haben und vor allem auch damit gefahren sein. Nach oben, auf den Berg. Geduldig, oder auch nicht, standen sie in der Schlange, jeder wollte der erste sein, der die Bahn erklomm. Es wurde gedrängelt und geschoben, geschubst und ausgebremst. Dann, auf halbem Weg an der Molkenkur, mussten alle auch noch umsteigen. Wieder wurde gedrängelt, diesmal etwas langsamer, es passten ja alle in die Wagen rein. Sitzplätze gab es nur wenige. Oben auf dem Königstuhl verteilte sich die Menschenmenge schnell. Es lockte ein Kiosk mit Eis für die Kinder, das Museum für Technikbegeisterte, die Spazierwege für Wanderer und diejenigen, die zu Fuß wieder nach unten wollten.

Die Kioskbetreiber hatten alle Hände voll zu tun, um die Wünsche der Kunden zu befriedigen. Endlich war die letzte Bahn nach unten abgefahren. Feierabend! Es wurde Zeit, aufzuräumen und sauberzumachen. „Du, Karl, schau mal, da sitzt noch wer. Ob der wohl die Bahn verpasst hat? Geh doch mal hin und frag ihn mal." „Warum ich? Du bist doch viel näher dran, Lisa. Außerdem bin ich grad an unserer Einkaufsliste für morgen."

Lisa zuckte die Schultern, schüttelte den Kopf über ihren Mann und seine Marotten, dann ging sie langsam zu dem Herrn, der auf einer der Bänke vorne saß und die Aussicht auf die Stadt zu genießen schien. Als sie schräg hinter ihm stand, tippte sie kurz mit einem Finger auf seine Schulter und sagte: „Hallo, mein Herr, die letzte Bahn ist gerade abgefahren. Jetzt kommen Sie nur noch zu Fuß zurück in die Stadt. Oder möchten Sie mit uns fahren? Allerdings fahren wir nicht bis ins Zentrum." Der Mann rührte sich nicht. Sie ging um die Bank herum, um ihn von vorne zu sehen. Er hatte die Augen geschlossen. Seine Hände lagen in seinem Schoß, eine Hand war zur Faust geballt. „Hallo, Sie da, ist Ihnen nicht gut?" Sie war unsicher und blickte zu ihrem Mann hinüber. „Du Karl, der rührt sich nicht. Komm doch mal her."

Reglos blieb sie vor dem Mann auf der Bank stehen. Karl kam angelaufen und warf einen Blick auf die Gestalt. „Ich ruf die Polizei. Wenn der sich nicht mehr rührt –!"

Weiter sprach er nicht. Er hatte schon sein Handy aus seiner Hosentasche rausgeholt und die 110 gewählt. „Bergstation Königstuhl, mein Name ist Karl Eberlein, Betreiber vom Kiosk hier oben. Hier sitzt ein Mann auf der Bank und rührt sich nicht. Er reagiert nicht auf unsere Ansprache und auch auf Berührung nicht. Ja, wir bleiben, obwohl wir eigentlich Feierabend machen wollten. Nein, wir fassen nichts an. Danke."

Er wandte sich an seine Frau: „Sie kommen so schnell es geht. Also werden sie in 10 bis 15 Minuten hier oben sein. Komm, wir machen den Kiosk für morgen fertig." Seine Frau stand immer noch mit offenem Mund vor der Bank und starrte den Fremden an. Das war ein Schock, so etwas hatte sie in ihrem ganzen Leben noch nicht erlebt. Sie brauchte erst einmal eine Zigarette und eine Bank zum Setzen.

Eine halbe Stunde später wimmelte es auf dem Platz von weiß gekleideten Personen, von den im Hintergrund agierenden Polizisten liebevoll Spusi, als

Abkürzung für Spurensicherung, genannt, die jedes Staubkörnchen in der näheren und weiteren Umgebung des Toten unter die Lupe nahmen. Es hatte sich schnell herausgestellt, dass der Mann ungefähr gegen 17 Uhr gestorben war und mehr als eine Stunde tot auf der Bank gesessen hatte, ohne dass es jemandem aufgefallen war. Zeugen konnten vorerst, außer dem Kiosk-Ehepaar, nicht ausgemacht werden. Die benachrichtigten Polizisten hatten gleich die Kripo, Gerichtsmediziner und die Spurensicherung mitgebracht. Die Leichenstarre erschwerte den Transport des Toten. Bis dann die Leiche abtransportiert war, jedes Steinchen umgedreht worden war, die Untersuchungen abgeschlossen waren und die Kioskbetreiber endlich nach Hause fahren durften, war es Nacht geworden. Der ganze Platz wurde auch für den nächsten Tag noch gesperrt.

Der Gerichtsmediziner fand bei seiner Untersuchung in der geballten Faust der Leiche eine kleine braune Glasflasche, mit dem schon bekannten Aufkleber, scheinbar leer. Er gab sie zur Untersuchung ins Labor weiter. Er stellte später bei der Autopsie eine leichte Rötung der Augen und der Nase fest. Allerdings von Schnupfen keine Spur. Vielleicht eine Allergie oder Bindehautentzündung. Dann erinnerte er sich an die Informationen, die ständig im Intranet erschienen, eingestellt von Kollegen der Polizeistation aus Gelnhausen und anderen Dienststellen deutschlandweit. In Gelnhausen hatte man für ähnliche Fälle eine kleine SOKO gebildet und alle Kolleginnen und Kollegen bzw. Dienststellen bundesweit um Mithilfe gebeten. Gleich nach der Obduktion wollte er sich damit nochmal gründlich befassen. Er hatte den Text vorher nur kurz überflogen. Vielleicht gab es ja dort Hinweise für eine spezielle Untersuchung. Falls nicht, würde er „natürliche Todesursache – plötzlicher Herztod" in den Totenschein schreiben. Aber die Dienststelle in Gelnhausen musste er auf jeden Fall benachrichtigen.

Kapitel 23 – Heidelberg

Es war ein Fehler. Er hatte es schon gewusst, bevor er die Hand ausstreckte. Er hätte ihm das Fläschchen nicht geben sollen. Er hatte hier an diesem Ort von Anfang an so ein komisches, ungutes Gefühl gehabt. Hektisch schaute er sich um. Er konnte ihn nirgends erblicken. Überall nur Touristen. So viele Touristen. Er stieg auf eine Bank, um einen besseren Überblick zu bekommen, kümmerte sich nicht um die bösen Blicke der Umstehenden. Aber er sah nur Köpfe, eine Menge Köpfe, eine wogende Menschenmenge. Es war ein Fehler, hier in diesem menschenüberfluteten Ort ein Fläschchen weiterzugeben. Wie sollte er es da umtauschen oder ganz verschwinden lassen? Es geriet ihm außer Kontrolle. Nur mühsam konnte er seine Erregung verbergen. Was war nur mit ihm los? So hatte er sich noch nie gefühlt, die ganze Zeit über nicht. Aber heute Morgen war der Termin schneller als gedacht zu Ende gewesen, er hatte noch etwas Zeit gehabt und wollte einfach nur die Stadt besichtigen, spazieren gehen. Trotzdem hatte er ein paar Fläschchen eingesteckt. Einfach so. Ohne Absicht. Und jetzt das. Er war sich bewusst, dass die Polizei über kurz oder lang auch über ihn stolpern würde. Es war ihm in den letzten Monaten nicht immer gelungen, die kleinen braunen Fläschchen wieder einzusammeln. Ein paar davon waren bei der Polizei im Untersuchungslabor gelandet. Aber ein paar waren einfach ein paar zu viel. Irgendwann müssten sie doch mal etwas feststellen, oder etwa nicht? Warum war darüber nichts in den Medien zu lesen oder zu hören? Diese Fragen setzten sich in seinem Kopf fest. Verdammt! Sowie er zu Hause war, würde er sich ein solches Fläschchen einmal vornehmen und sehen, inwieweit die Wirkstoffe noch nachweisbar waren, sobald es geöffnet und benutzt worden war. Wirksam waren sie auf jeden Fall, immerhin hatte er oft genug beim Sterben mit zugesehen.

Er ging zum Flussufer und setzte sich auf eine Bank. Hier war es ruhiger als in der Altstadt. Die ganzen letzten Tage schon hatte ihn das Gefühl beschlichen, dass er verfolgt würde, dass die Polizei ihm auf der Spur gekommen war. Immer wieder hatte er sich umgeschaut, aber nie war da etwas, niemand. War er paranoid? Hatte er sich das alles nur eingebildet? Scheinbar. Er atmete ein paar Mal ganz bewusst tief ein und aus. Langsam kam er zur Ruhe.

Jetzt hatte er nur noch fünfzehn Fläschchen von dieser letzten Charge. Sie war, wie er gedacht und gehofft hatte, endlich ein Erfolg geworden. Damit hatte er die richtige Zusammensetzung getroffen. Es war faszinierend gewesen, nun ja, in einigen Fällen, beim Erstarren der Menschen mit dabei zu sein und den Tod kommen zu sehen. Allerdings war er nicht mehr in der Lage, weitere Mengen herzustellen, das Rohmaterial war ihm einfach ausgegangen und auch nicht mehr zu beschaffen. Eigentlich schade! Doch dann dachte er, vielleicht ist es ja genug, vielleicht sollte er ja jetzt einfach aufhören. Sofort. Das Hochgefühl, diese Euphorie, der Hass auf alles und jeden, all die Gefühle, die ihn am Anfang immer wieder überfallen hatten bei der Weitergabe, die waren irgendwie verschwunden. Er fühlte sich manchmal so ausgelaugt. Nun, wenn es denn zu Ende war, dann sollte es einfach so sein. Fünfzehn Fläschchen waren noch übrig. Dann wäre sowieso endgültig Schluss.

Morgen hatte er noch zwei Termine in München. Dort hatte er sich bis jetzt immer sehr wohl gefühlt. Drei Tage wollte er in München bleiben. Dann ging es wieder nach Hause. Dort wartete eine Menge Arbeit auf ihn. Langsam stand er auf und ging zu seinem Auto.

Schon am nächsten Tag stand es groß und breit in der Zeitung. Er hatte gerade sein Hotel in München bezogen und sich die Abendpost besorgt. „Ein Giftmörder geht in Deutschland um!" Das war die große fette Überschrift. Darunter ein kurzer Bericht über diverse Tote, die man gefunden hatte, und dass man festgestellt hatte, dass sie mit Gift getötet worden waren. Eine Warnung an die Bevölkerung, keine Warenproben von Fremden anzunehmen, mit einer

Abbildung des kleinen braunen Fläschchens, worauf man genau das Etikett erkennen konnte.

Sollte er denn jetzt noch die letzten Fläschchen verteilen? Konnte er das Risiko in Kauf nehmen? Aber da war es wieder, dieses Kribbeln im Anblick der Gefahr, die Erwartungshaltung, entdeckt zu werden. Ja, er musste es einfach probieren. Es war wie eine Sucht. Er nahm die nächsten drei Fläschchen, steckte sie ein und ging nach draußen, in die Nacht.

Kapitel 24 – Ermittlung

Der neueste Fall in Heidelberg brachte keine neuen Erkenntnisse. Weder die Autopsie noch die Untersuchung der kleinen braunen Flasche ergab etwas Neues. Der untersuchende Pathologe im Gerichtsmedizinischen Institut in Heidelberg erinnerte sich an den Bericht im Intranet und die zunehmenden Einträge von neuen Toten in der dortigen Liste. „Ah ja, da ist ja die Adresse und der Name. Dann wollen wir mal schnell die Untersuchungsergebnisse und das kleine Fläschchen nach Gelnhausen schicken oder besser einfach ins Intranet stellen." Er wusste ja nicht, dass alleine die Tatsache, dass er das Fläschchen geöffnet hatte und auf einen eventuell noch vorhandenen Restinhalt hin untersucht hatte, sich das Gift dabei verflüchtigt hatte und dadurch dieses Fläschchen wertlos für weitere Untersuchungen geworden war. So aber schickte er einfach Kopien der Ergebnisse, Fotos und die kleine Flasche per Kurier nach Gelnhausen. Danach stellte er kurz die wichtigsten Daten ins Intranet. Doppelt genäht hält besser. Vielleicht konnte man dort mit der Flasche noch etwas anfangen, dachte er.

Wieder ein neuer Toter. Maria war nicht begeistert, absolut nicht. Je länger die Ermittlungen dauerten, ohne dass sie dem Täter näher kamen, desto niedergeschlagener wurde sie. So viele Tote. Nichts konnten sie bis jetzt beweisen. Trotzdem – sie war sich sicher, dass sie irgendetwas übersehen hatten. Die vielen Reaktionen auf den Medienbericht und die Berichte in den Zeitungen mussten doch irgendeinen Hinweis enthalten, den sie nur noch nicht richtig eingeordnet hatten. Morgen würde sie sich die kompletten Unterlagen noch einmal ansehen. Wäre doch gelacht, wenn sie nicht etwas finden würde.

Der Wissenschaftler am Tropeninstitut hatte durch die vorliegenden Proben inzwischen die darin enthaltenen Substanzen fast alle ermittelt und war mit seinen Forschungsergebnissen inzwischen soweit, dass er ähnliche Ergebnisse bei den Experimenten erzielten konnte, wie der Giftmörder. Wie sich dabei herausstellte, war es ein umfassender Cocktail aus mind. 10 verschiedenen Giften in unterschiedlicher, noch nicht ganz fertig ermittelter Konzentration. Diese Konzentration und die noch fehlenden zwei Substanzen könnten nur in einer umfangreichen langfristigen Untersuchung und Forschung festgestellt werden. Außerdem bräuchte man dazu eine größere Menge des Giftes zur Analyse. Allerdings gab es keine Möglichkeit, diese Substanzen alle irgendwoher zu beziehen, sie waren nicht auf dem freien Markt oder auch auf anderem, nicht ganz legalem Wege zu bekommen. Das Wort Darknet stand im Raum. Also war man darauf angewiesen, dass doch noch eventuell ein volles Fläschchen gefunden wurde, bei dem nächsten Toten.

Aber auch so war das Ergebnis der Untersuchung für die Gerichtsmediziner der betroffenen Dienststellen mehr als zufriedenstellend. Damit könnten sie erst einmal arbeiten.

Dreiundachtzig

Kapitel 25 – Spätsommer

Jetzt hatten sie es doch noch geschafft. Sie kamen ihm näher. Hatten eine Spur. Wieder und wieder las er die Artikel in den verschiedenen Zeitungen durch, sah sich die Fotos genau an. Vor allem die der ermittelnden Beamten. Den Bericht in den Nachrichten hatte er auch schon gesehen. Er überlegte ganz objektiv seine Möglichkeiten, die Zeit, die ihm noch blieb. Es müsste reichen. Er brauchte seine Pläne nicht zu ändern. Allerdings – einen kleinen Spaß würde er sich nach diesen Nachrichten auf jeden Fall erlauben. Der Umweg wäre zu verschmerzen. Er grinste hinterhältig vor sich hin und legte sich seine Vorgehensweise zurecht. Im Internet recherchierte er noch kurz die örtlichen Gegebenheiten und den Veranstaltungskalender. Das passte perfekt. Das hätte ja gar nicht besser sein können.

Das Telefon klingelte. „Ich geh schon dran!" Maria rubbelte sich die nassen Haare und eilte aus dem Badezimmer in den Flur. „Hallo Maria, ich hoffe, ich störe nicht!" Bubi war dran. „Was haltet Ihr davon, wenn wir uns heute nach Feierabend eine Auszeit gönnen und uns auf dem Schelmenmarkt treffen? Oder habt Ihr was vor?" „Hallo Bubi, nein, wir haben nichts vor. Wann und wo?"

„So gegen 18 Uhr, unten an der Brücke über die Kinzig, vorm Café Calimero. Dann können wir über die Müllerwiesen gehen, die Fahrgeschäfte ausprobieren, dann am Ziegelturm vorbei hinauf zum Obermarkt, dort gibt es ab zwanzig Uhr ein Konzert, ich weiß allerdings nicht von wem. Da könnten wir noch was essen und trinken. Mal die ganzen Toten für ein paar Stunden vergessen."

„Klasse, wir sind dabei. Dann also bis heute Abend." Maria legte auf und ging in das Büro, wo Emilio am Computer saß. „Das war Bubi. Wir gehen heute Abend aus, auf den Schelmenmarkt, mit der ganzen SOKO. Um 18 Uhr treffen wir uns vorm Calimero. Das wird kühl heute Abend. Da muss ich wohl eine dickere Jacke mitnehmen." Emilio blickte kurz auf seine Uhr. „Das ist eine tolle Idee. Dann hab ich ja noch zwei Stunden Zeit. Ich gebe gerade die letzten Daten ins Intranet. Bis dahin bin ich fertig. Ich freu mich." Dabei strahlte er Maria an. „Bier und Würstchen, hatten wir ja schon lange nicht mehr."

Pünktlich um 18 Uhr standen Maria und Emilio vor dem Lokal, als auch schon die restliche Truppe anrückte, Dr. Schopps mit Assistentin, Dr. Rotfuchs und seine beiden Kollegen, Bubi und Franzi, nur OS Heinemann war nicht dabei. Vergnügt schlenderten sie zusammen über die Müllerwiesen. Maria konnte der Verlockung der Losbude nicht widerstehen, sie nahm

13 Lose. Bingo, Hauptgewinn, wer hätte das gedacht. Unter dem Jubel der anderen nahm sie ein kuscheliges, weißes Einhorn mit regenbogenpastellfarbigem Schweif und Horn in Empfang. Lachend klemmte sie sich das Plüschtier unter den Arm. Ihre Augen blitzten übermütig, als Emilio ihr mit einer kleinen Verbeugung und einem anschließenden Kuss eine rote Rose vom Schießstand nebenan überreichte.

Als sie alles angeschaut hatten, gingen sie am Ziegelturm vorbei und hinauf auf den Untermarkt. Es dauerte etwas, bis sie sich an den verschiedenen Buden vorbeigeschoben hatten. Nach zwei Stunden und ein paar Pausen an diversen Ständen waren sie endlich auf dem Obermarkt angekommen. Sie hatten Glück und ergatterten für alle einen Tisch mit zwei Bänken. Maria platzierte das Einhorn vor sich auf dem Tisch, immer noch strahlte sie, wenn sie es ansah. Die Herren waren schon unterwegs, Wein, Bier und Würstchen von den benachbarten Ständen zu holen. Franzi und Maria unterhielten sich kurz über das Intranet, dann aber schauten sich beide in aller Ruhe um und beobachteten die Menge, die sich über den Obermarkt schob. Die Vorgruppe zum Konzert war auch nicht schlecht, eine Band von jungen Leuten aus Bayern, so wie sie angezogen waren. Lederhosen und gestrickte Kniestrümpfe. Maria schmunzelte. An Strümpfe hatte sie sich bis jetzt noch nicht gewagt. Das wäre doch mal ein Projekt. Vielleicht für Franzi? Mal sehen.

Beim Herumschauen fiel Maria eine goldene Statue auf, die mitten auf dem Platz neben der Bühne stand. Ein Denkmal, die Kleidung, das Gesicht und die Hände von oben bis unten mit goldener Farbe eingestrichen. Wen wollte der Herr denn darstellen? Maria überlegte, aber ihr fiel es nicht ein. Vielleicht Schiller? Nein. Jedes Mal, wenn jemand etwas Geld in den davor stehenden Hut warf, bedankte sich die Statue mit einer galanten Verbeugung. Das Konzert war laut, aber nicht schlecht. Allerdings war das Unterhalten dabei etwas problematisch, man musste schreien, um sich überhaupt verständigen zu können. Als es auf 22 Uhr zu ging, waren sich alle einig, dass sie jetzt genug gegessen und getrunken hatten, und es Zeit war, um nach Hause zu gehen. Dr. Schopps und Dr. Rotfuchs waren schon vor einer Stunde verschwunden. Maria klemmte sich ihr Einhorn unter den Arm, mit dem anderen Arm hakte sie sich bei Emilio ein und so gingen beide zusammen mit Bubi und Franzi in Richtung Parkhaus, wo sie ihre Autos abgestellt hatten. Der Rest der Truppe ging durch die Altstadt in Richtung Stadthalle davon. Beim Weggehen fiel Maria noch auf, dass die Statue verschwunden war.

Am Samstagnachmittag kam er wieder, der Mann in Gold, die goldene Statue. Das Auto hatte er im Parkhaus geparkt, dort hatte er sich auch umgezogen. Gesicht und Hände hatte er vorher schon geschminkt. Der Weg zum Obermarkt war steil, aber er bewältigte ihn in kurzer Zeit, obwohl er leicht erkältet war. Gestern der Wind, es war zugig auf dem Obermarkt gewesen. Allerdings waren die Einnahmen nicht zu verachten. Genau deshalb war er heute wieder hier her gekommen. Als Standort suchte er sich eine andere Ecke aus, wo der Wind nicht so stark blies. Jetzt hieß es wieder, stundenlang ruhig stehen zu bleiben, ab und zu sich zu verbeugen. Das Markttreiben war groß. Die Freigiebigkeit der Besucher auch. Verbeugung folgte auf Verbeugung. Seine Nase lief und war zugeschwollen. Auch das noch. Beim Griff zum Taschentuch fiel ihm ein kleines Fläschchen in die Hände. Ein kurzer Blick. Oh, Nasenspray, das kam gerade richtig. Wo das wohl herkam? Hatte er das heute Morgen eingesteckt? Er konnte sich gar nicht daran erinnern. Oh, vielleicht war das seine Freundin gewesen. Sie hatte gemerkt, dass er sich erkältet hatte. Aber egal. Hauptsache, die Nase wurde wieder frei. Die Dunkelheit brach schnell herein. Doch dieses Mal packte die Statue am Abend nicht zusammen, und als der Abend in die Nacht überging, stand sie immer noch auf ihrem Platz, die

Arme leicht erhoben zum Gruß, ohne sich weiter zu rühren.

Längst war die Musik beendet, der Lärm verstummt, die Besucher fast alle nach Hause gegangen. Nur ein paar betrunkene Nachteulen hielten die Stellung an einer der noch offenen Buden. Als diese dann endlich auch schloss, schwankten die letzten Besucher langsam über den Obermarkt in Richtung Altstadt. Natürlich nicht leise, sie krakeelten und sangen, was ihnen gerade durch den leicht benebelten Kopf ging. Vor der noch immer standhaften Statue machten sie halt. „Der ha-ha-hat den Hu-hu-hut ja noch voll. Hey, du da – musste nich ennlich auch heim? D-de-deine Alte wartet bestimmt scho-hon. Haha!" Das Echo dieser lauthals gebrüllten Worte hallte von den umliegenden Häusern. Ein Fenster ging auf. „Ruhe! Macht, dass ihr heimkommt, ich ruf die Polizei!" Das war deutlich. Beim plötzlichen, etwas wackeligen Umdrehen stieß einer der Krakeeler an die Statue, diese fiel um und knallte auf das Pflaster wie ein Stein. Erschrocken schrien die Betrunkenen auf. „Hilfe, ich war das nicht. Der ist tot. Ich hab das nicht getan. Polizei. Hilfe!" Der eine der vier betrunkenen Gesellen, der die Statue umgestoßen hatte, war mit einem Schlag wieder nüchtern. Die anderen drei betrunkenen Gestalten versuchten, sich zu verdrücken, aber der vierte hielt zwei davon fest. „Bleibt hier. Ihr habt das doch auch gesehen.

Der Kerl dort am Fenster hat schon die Polizei gerufen. Ihr müsst mir beistehen." Da sie sich selbst in ihrem betrunkenen Zustand keiner Schuld bewusst waren, blieben sie stehen.

Es dauerte nicht lange, da kam auch schon der Einsatzwagen angefahren. Die beiden Polizisten sahen sich die Statue von allen Seiten an. Der ältere der beiden nahm das Funktelefon und benachrichtigte die Einsatzzentrale. „Sagt Kalbfleisch Bescheid, er soll sofort zum Obermarkt kommen. Wir haben hier einen seiner skurrilen Toten. Wir rühren nichts an. Die Spusi muss auch kommen. Danke!"

Als HK Kalbfleisch zusammen mit der Spurensicherung eintraf, war er erst mal sprachlos. Natürlich konnte er sich noch genau an diese goldene Denkmal-Statue erinnern. Gestern Abend hatte sie schon hier auf dem Obermarkt gestanden. Später, als sie dann abends nach Hause gingen, hatte er sie im Parkhaus gesehen. Und jetzt war sie tot.

„Der Täter fordert uns heraus, er macht sich über uns lustig. Direkt vor unserer Nase." Kalbfleisch war fürchterlich sauer und wütend. Es war mitten in der Nacht. Egal. Er nahm sein Handy heraus und rief bei Maria und Emilio an. Eine verschlafene Stimme meldete sich: „Ja?" „Hier ist Kalbfleisch. Ich stehe hier am Obermarkt vor einer toten goldenen Statue.

Kannst du kommen?" „Weißt du, wie spät es ist? Aber ja, natürlich kann ich kommen. Bin in zwanzig Minuten da. Ciao."

Als Emilio auftauchte, war auch Maria bei ihm. Das wollte sie sich nicht entgehen lassen. Dieser arme Kerl. Inzwischen hatte die Spurensicherung den Toten untersucht, seine Taschen, alles, was er bei sich hatte. Kalbfleisch stand daneben, erschüttert, leichenblass. In der Hand hielt er ein Foto. Das Foto zeigte das gesamte SOKO-Team am Freitagabend beim Feiern auf dem Obermarkt. Ohne Kommentar hielt er das Foto Maria und Emilio hin.

Emilio warf einen Blick darauf, bevor er es an Maria weitergab. „Wo war das Foto?" „In einer seiner Innentaschen. Der Täter hat uns beobachtet und fotografiert, vorgestern Abend. Und wir haben nichts gemerkt. Er war hier in unserer direkten unmittelbaren Nähe. Das darf nicht wahr sein. Vielleicht haben wir ihm direkt ins Gesicht gesehen und nichts gewusst!" Kalbfleisch war erschüttert. Emilio kniete sich vor den Toten und untersuchte ihn kurz. „Wo ist Julia?" „Ich habe Frau Dr. Schopps nicht erreicht."

Maria konnte es nicht fassen. Sie überlegte, wie es dazu kommen konnte. Durch die Medienberichte in der letzten Woche waren das Gesicht und der Name von HK Kalbfleisch an die Öffentlichkeit gekommen.

Daher wusste der Täter wohl auch, nach wem er suchen musste. Es war ja leicht, die Adresse der Polizeistation in Gelnhausen über das Internet herauszufinden. Hatte ihn wahrscheinlich schon an der Dienststelle abgepasst und war ihm bis zum Schelmenmarkt gefolgt. Jetzt kannte er das Gesicht von jedem aus der Gruppe.

Erschüttert gab Maria das Foto an die Spurensicherung weiter. Der Täter war bestimmt schon lange über alle Berge. Wieder dort, wo sie ihn bis jetzt noch nicht aufgespürt hatten. Emilio fuhr mit Kalbfleisch zur Gerichtsmedizin, Maria fuhr nach Hause.

Zum Frühstück war Emilio wieder da. „Nichts, wie immer. Der Täter hat gekonnt alle Spuren verwischt, bzw. er hat gar keine hinterlassen. Als wäre er ein Phantom. Nur hat er mal wieder ein kleines Fläschchen, leer, dagelassen. Da war nie was drin gewesen. Der hat uns voll verarscht. Ich möchte zu gerne wissen, wie er das anstellt!"

Wenn Emilio solche Worte benutzte, war er wirklich total sauer. Maria konnte sich nicht daran erinnern, ähnliche Kraftausdrücke von ihm jemals gehört zu haben. Diese vielen Toten setzten ihnen allen ganz schön zu. Aber sie war sicher, dass sie bald mehr von dem Täter hören würden. Sie hatte einen Hinweis in den Unterlagen gefunden, dem sie sobald es möglich war nachgehen würde. Außerdem, vielleicht konnte es ja sehr hilfreich sein, die Bevölkerung zu fragen, ob jemand am Freitagabend Fotoaufnahmen auf dem Obermarkt gemacht hatte. Da könnte ja vielleicht auch der Täter auf einem der Fotos sein. Gab es da nicht auch eine Webcam? Das wäre eine Idee. Maria nahm sich vor, darüber mit Bubi zu reden.

Ein paar Tage später, bei der nächsten Teambesprechung, mussten die Gerichtsmedizin und Spurensicherung zugeben, dass nichts bei den Untersuchungen herausgekommen war. Als hätte der Täter ein Ganzkörperkondom getragen. Keine DNA-Spuren, nichts. Auch das Fläschchen ergab keine neuen Erkenntnisse. Außerdem hatte die Nachfrage bei der Bevölkerung und den Nachbarn nichts ergeben. Es waren so viele Auswärtige auf dem Markt gewesen, trotzdem kam keine Meldung herein. Die wenigen Fotoaufnahmen, die sie von den Nachbarn und Einwohnern rund um den Obermarkt erhalten hatten, hatten nichts ergeben. Die Webcam auf dem Obermarkt war auch nicht wirklich hilfreich, es war zu dunkel und zu undeutlich, um auch nur einzelne Personen, geschweige denn Gesichter darauf zu erkennen. Also stand das Ermittlerteam mal wieder mit fast leeren Händen da.

Neunundachtzig

Kapitel 26 – Herbst

Langsam fuhr das ältere Paar durch den Darmstädter Wald. Es war heute warm für die Jahreszeit, Mitte Oktober, aber unter den Bäumen war es angenehm frisch. Wie so viele ihres Alters fuhren sie auf Pedelecs, diesen motorunterstützten Fahrrädern, was weniger anstrengend war und das Fahrradfahren zum Vergnügen machte. Sie fuhren nebeneinander, der Weg unter dem Blätterdach war breit genug.

„Sind wir hier auch wirklich richtig, Schorsch? Hast du dir den Weg gemerkt? Das kommt mir so fremd vor! Hier war ich bestimmt noch nie!"

Ihr Begleiter brummte bestätigend. Langsam ging Schorsch die ständige Plapperei seiner Frau auf den Wecker. Eigentlich hätte er ja daran gewöhnt sein müssen, schließlich waren sie seit fast fünfzig Jahren verheiratet. Und eigentlich hätte sie wissen müssen, dass er immer den Weg nach Hause fand.

„Hast du mich gehört, Schorsch? Geht's hier nach Hause?"

„Ja, Luise, ich hab dich gehört. Und ja, hier geht's heimwärts. Das ist der Hauptweg, wenn du ihm weiter geradeaus folgst, kommst du direkt bei uns am Dorfrand raus. Das war jetzt bestimmt das zehnte Mal, dass du mich das fragst. Fahr einfach geradeaus!"

Mit diesen etwas mürrisch hervorgequetschten Worten gab Schorsch Gas, er schaltete die Unterstützung hoch und in einen höheren Gang und war kurz darauf einige zehn Meter vor seiner Frau.

„Jetzt ras' doch nicht so. Ich kann doch nicht so schnell, das weißt du doch!"

Verzweifelt trat sie fester in die Pedale. Sie wollte den Anschluss an ihren Mann nicht verlieren, ohne ihn würde sie niemals aus diesem Wald herausfinden, das wusste sie instinktiv, auch wenn sie schon viele Male durchgefahren waren, schließlich wohnten sie nicht weit davon. Aber sie hatte einfach kein Ortsverständnis. Sie schaute rundherum, um sich die Örtlichkeiten einzuprägen, was irgendwie Unsinn war, sie würde sich eh nichts merken können und nicht mehr herfinden. Dabei erblickte sie einen Mann, der an einem dicken Baumstamm stand, mit dem Rücken zum Weg. Dass der sich nicht schämte, hier in aller Öffentlichkeit zu ...! Naja, sich zu erleichtern. Sie fuhr langsamer und merkte, dass auch ihr Mann den Abstand zu ihr verkleinert hatte. Er drehte sich zu ihr um. Er hatte den Mann also auch gesehen.

Luise drehte sich wieder zu dem Mann um. Der Mann am Baum hatte sich nicht bewegt. Luise hielt an. Ihr Ehemann hatte ebenfalls angehalten. Beide blickten sich an und hoben die Schultern. Schorsch fuhr zurück zu ihr. Nebeneinander standen sie mit ihren Fahrrädern auf dem Weg und beobachteten den Mann am Baum. Komisch. Der musste doch merken, dass hier auf dem Weg jemand war. Sie warteten. Leise flüsterte Luise ihrem Mann zu: „Meinst du, der weiß nicht, dass wir hier sind? Der müsste sich doch zumindest mal beeilen, alles einpacken und den Reißverschluss hochziehen. Das muss ihm doch peinlich sein."

„Warum peinlich? Das ist doch ganz normal. Der konnte doch nicht damit rechnen, dass da jemand auf einem schnellen Rad vorbeigesaust kommt. Der hat uns einfach nicht gesehen. Komm, lass uns weiterfahren."

„Das ist mal wieder typisch Mann. Ganz normal, ha! Das gehört sich nicht. Der hätte ja nur zwei Bäume weiter in den Wald gehen brauchen, da hätte man ihn von hier aus gar nicht gesehen. Männer!"

Bei dieser abwertenden Aussage hatte Luise ihre Stimme erhoben, der Mann musste auf jeden Fall etwas gehört haben und darauf reagieren. Tat er aber nicht. Schorsch wollte schon wieder auf sein

Fahrrad steigen, da rief Luise: „Halt, das kannst du doch nicht machen, guck doch wenigstens erst mal nach dem Mann, vielleicht ist ihm ja nur schlecht geworden und er braucht Hilfe."

Entnervt stieg Schorsch wieder vom Rad, stellte es ab und ging langsam und vorsichtig über den flachen Graben in Richtung Baum, an dem der Mann stand. Luise ermunterte ihn vom Weg aus. Inzwischen hatte auch sie ihr Fahrrad abgestellt. Der Mann bewegte sich immer noch nicht, stand einfach nur da. Schorsch war bei ihm angekommen, ging um ihn und den Baum herum, sah ihn erschrocken an und kam wieder zurück.

„Was ist denn nun, was ist mit dem Mann denn los? Hat er was gesagt?"

„Der sagt nichts mehr. Hol mal dein Handy raus und ruf die Polizei. Der Mann scheint tot zu sein!" Dieser Kommentar kam trocken und emotionslos.

„Tot? Wirklich tot?", kreischte Luise und wurde panisch und bleich. „Oh Gott, oh Gott, was für ein Drama. Mein Herz. Ich brauch meine Tropfen. Wo sind meine Tropfen? Mein Herz." (Sie fasste sich an selbiges) „Nein, so ein Unglück. Warum muss das gerade mir passieren? Hier im schönen Wald? Mein Handy? Oh Gott, oh Gott, oh Gott!"

Sie holte ihre Handtasche aus dem Korb, öffnete sie und begann panisch und hektisch darin herum zu wühlen. Sie fand endlich ihr Handy und drückte es an ihrem Mann in die Hand, dann suchte sie in der Tasche weiter nach ihren Tropfen. „Ich kann meine Tropfen nicht finden, die hab ich bestimmt zu Hause vergessen. Oh, mir ist schlecht, oh, ich muss mich setzen. Ist hier irgendwo eine Bank?" In einigen Metern Entfernung erspähte sie wirklich so etwas Ähnliches wie eine Sitzgelegenheit und wankte darauf zu, langsam, eine Hand wieder auf ihr Herz gedrückt.

Skeptisch und kopfschüttelnd sah Schorsch ihr hinterher. Er kannte dieses Prozedere bei ihr schon. Sie war ja eigentlich kerngesund, nach Aussage des Arztes, aber sie bildete sich ein, etwas am Herzen zu haben. Der Arzt hatte ihr zur Beruhigung Tropfen verschrieben, die auch wirkten, solange sie nicht wusste, dass es Placebos waren. Er hielt das Handy in die Höhe. „Wir haben hier keinen Empfang. Ich muss weiter zum Ort damit, dort ist ein Funkmast, dort wird es Empfang geben."

Schon war er auf seinem Rad aufgestiegen, da erreichten ihn hysterische Schreie seiner Frau. „Lass mich hier ja nicht alleine, das kannst du vergessen. Ich krieg hier gleich einen Herzinfarkt und du willst mich alleine lassen. So herzlos kannst auch nur du sein. Wie willst du mich denn hier wiederfinden im

Wald, hier gibt es doch keine Straßennamen. Hier kommt doch niemand sonst vorbei. Oder ist dir hier jemand in der letzten Stunde außer diesem Individuum am Baum noch begegnet? Das kannst du nicht machen. Alleine finde ich doch nie mehr hier raus. Nimm mich mit!"

Dabei fing seine Frau an zu weinen. In diesem Zustand konnte er sie vielleicht wirklich nicht alleine lassen. Das wusste er aus 50-jähriger Erfahrung. Er ging zu ihr hin und versuchte, sie zu trösten. „Pass mal auf, ich fahr nur so weit, wie du mich sehen kannst. Dort vorne, siehst du, oben auf dem Hügel ist eine Schneise im Wald, vielleicht ist dort ja schon ein besserer Empfang. Bis dort kannst du mich sehen. Ich komme dann auch gleich wieder zurück. Ich verspreche es dir. Nur bis dort vorne den Hügel hinauf." Dabei tätschelte er ihr die Schulter. Seine Frau nickte zaghaft. Er ging daraufhin sofort zu seinem Fahrrad. „Ich mach so schnell ich kann!"

Damit war er auch schon aufgestiegen und trat in die Pedale so schnell er konnte, mit maximaler Unterstützung, um nur endlich weg zu kommen. Es dauerte keine drei Minuten und er war oben auf dem Hügel. Er hielt an, atmete ein paar Mal ob dieser Anstrengung tief durch, drehte sich dann zu seiner Frau herum und winkte ihr zu. Sie winkte zurück. Ein gutes Zeichen. Er nahm das Handy und schaute auf das Display. Gut, hier müsste er telefonieren können, zwei Balken beim Empfang. Er drückte die 110. Auch wenn seine Frau nicht wusste, wo sie waren, er wusste es. Schließlich gab es Gemarkungszeichen und Wegenamen, die entsprechenden Jagensteine standen größtenteils auch noch an den Wegkreuzungen, außerdem gab es genug Hinweisschilder, wohin welcher Weg ging, also musste es doch möglich sein, hierher zu finden. Nachdem er dem Polizisten am Telefon erklärt hatte, was passiert war und wo sie sich befanden, fuhr er zurück zu seiner Frau und setzte sich neben sie auf die Bank. „Die Polizei kommt gleich. Wir sollen solange warten." Er schaute auf den Mann am Baum. Er stand noch immer unbeweglich da, wie vorhin. Als er um den Baum herumgegangen war, hatte er gesehen, dass der Mann sich mit der einen Hand und mit seinem Kopf am Baum abgestützt hatte. Es dauerte eine knappe halbe Stunde, bis sie den Polizeiwagen sahen, mit eingeschaltetem Blaulicht, die Sirenen waren Gottseidank aus. Wozu auch. Hier war ja sonst niemand. Er hielt direkt vor ihnen an. Zwei Polizisten stiegen aus und kamen zu ihnen.

„Nun, wo ist denn der Tote?" fragte der eine Polizist, während der andere zu ihnen kam und sich vorstellte. „Kommissar Konrad, guten Tag. Sie haben die Leiche gefunden? Geht es Ihnen gut, brauchen Sie einen Krankenwagen, einen Arzt?" Er hatte bemerkt, dass die Frau vor ihm ganz bleich war und es ihr offensichtlich nicht gut ging.

„Nein, danke, es geht schon wieder. Der Tote ist dort drüben am Baum." Dabei zeigt sie hinüber auf den Baum, zu dem ihr Mann bereits mit dem anderen Polizisten auf dem Weg war. Kommissar Konrad drehte sich herum und ging ebenfalls hinüber. Luise sah ihm nach. Als er am Baum angekommen war, ging er einmal vorsichtig drum herum. Dann nahm er sein Funktelefon aus der Hosentasche und sprach kurz hinein. Keiner der beiden Polizisten hatte den Mann berührt. Also war es offensichtlich, dass er tot war. Sie kamen alle drei wieder zurück.

Kommissar Konrad war als erster wieder bei Luise. „Ich habe die Spurensicherung informiert und den Abtransport der Leiche in die Gerichtsmedizin veranlasst. Ich bräuchte jetzt noch Ihre Personalien, dann können Sie weiterfahren. Allerdings müsste ich Sie bitten, morgen bei uns auf der Polizeistation vorbeizukommen, damit Sie das Protokoll unterschreiben. Geht es Ihnen besser?" Mit dieser Frage wandte er sich direkt an Luise. Seine beruhigende Stimme hatte bewirkt, dass es Luise tatsächlich besser ging und sie etwas ruhiger geworden war. Sie nickte und schaute ihren Mann an. Der meinte zu dem Kommissar: „Wenn Sie mir Ihre Karte geben, kommen wir morgen gerne bei Ihnen vorbei. Sagen Sie, was meinen

Sie, wie der Mann gestorben ist? Hat man ihn ermordet oder hatte er einfach einen Infarkt? Wieso steht er einfach so da am Baum? Er hat zwar den Kopf angelehnt und sich mit einer Hand abgestützt, aber müsste er nicht eigentlich schon längst zusammengesackt sein?" Kaum hatte Schorsch diese Worte ausgesprochen, da sah er, wie der Mann am Baum langsam auf den Boden glitt. Die Leichenstarre begann sich zu lösen. Luise stieß einen lauten Schrei aus, sie hatte es auch gesehen, sie wurde wieder bleich. Instinktiv fasste sie sich ans Herz und ließ sich auf die Bank zurückfallen.

Die beiden Polizisten hatten zwar auch die Bewegungen der Leiche beobachtet, machten aber keine Anstalten, wieder dorthin zu gehen. Kommissar Konrad meinte zu Schorsch auf dessen Frage: „Dazu kann ich Ihnen jetzt nichts sagen. Das muss alles durch die Autopsie geklärt werden. Das dauert noch ein paar Tage." Konrad war mit seinen Gedanken inzwischen ganz woanders, ihm ging eine Mitteilung durch den Kopf, die vor einigen Monaten im Intranet bei allen Dienststellen eingegangen war. Diese vielen Toten, bei denen nur die ungewöhnlichen Auffindungsorte und die Körperhaltung so mitten in der Bewegung darauf hingewiesen hatten, dass es Mord gewesen sein könnte, genau wie hier jetzt. Wer stirbt schon am Baum mitten beim Pinkeln. Aber das konnte und wollte er diesem Herrn jetzt nicht sagen, sonst wäre diese Information morgen bestimmt in der Zeitung zu lesen. Die Nachricht würde schnell genug im Ort rumgehen. Da war er sicher.

„Sie können jetzt gehen, bzw. fahren, oder sollen wir Ihnen ein Taxi rufen? Nein? OK, das müssen Sie selber wissen. Ihre Namen und Adresse haben wir ja notiert. Bis morgen also." Damit verabschiedete sich der Kommissar und wandte sich seinem Kollegen zu.

Schorsch und Luise stiegen auf ihre Fahrräder und fuhren mit einem lauten „Tschüss" der Heimat zu, ganz langsam. Natürlich wären sie gerne noch geblieben, um die weiteren Untersuchungen abzuwarten. Wann bekam man schon mal einen Mord aus nächster Nähe mit!

Aber ob das seine Frau ganz unbeschadet überstehen würde? Schorsch kamen Zweifel. Jetzt war er doch etwas besorgt um seine Frau, sie war ganz ruhig, ungewöhnlich für sie, und sie war immer noch bleich. Aber sie mussten ja irgendwie nach Hause kommen. Gott sei Dank war es ja nicht mehr weit. Diesen Tag und diesen Ausflug würden sie so schnell nicht vergessen. „Hierher kriegen mich keine zehn Pferde mehr!", meinte Luise dann auf dem Nachhauseweg. „Nie mehr in meinem Leben. Mein Herz, hoffentlich schaff ich das noch bis nach Hause." Ihre Stimme hatte jede Vitalität verloren. „Wir fahren ganz langsam. Stell doch die Unterstützung mal auf Höchstleistung. Wir haben jetzt nicht mehr so weit. Du schaffst das schon! Dort vorne kannst du doch schon die ersten Häuser sehen. Gleich sind wir zu Hause, dann kannst du dich hinlegen!" Schorsch war ganz fürsorglich. Das war ihm jetzt aber auch an die Nieren gegangen. Außerdem fehlte es ihm gerade noch, dass seine Frau jetzt wirklich was mit dem Herzen bekäme, wegen dieser Aufregung. So was erlebte man schließlich wahrlich nicht alle Tage. Heute Abend war Stammtisch. Da hätte er endlich auch mal was Aufregendes zu erzählen.

Kapitel 27 – Ermittlungen

Bei Klärung der Identität des Toten im Wald stellte sich heraus, dass der Mann auf Urlaub in dieser Gegend war und eigentlich in München wohnte.

Natürlich nahm Kalbfleisch persönlich sofort Kontakt mit Kommissar Ratemal in München auf, den er ja auf dem Seminar im Frühjahr kennengelernt hatte. „Hallo, Ratemal, hier ist Kalbfleisch aus Gelnhausen. Wir haben uns auf dem letzten Lehrgang in Hannover kennengelernt. Inzwischen kennst Du bestimmt unsere Informationen im Intranet. Ja, wir haben ein riesengroßes Problem, in ganz Deutschland. Aber wir haben inzwischen immerhin ein Phantombild. Bist Du auf dem Laufenden? Der Tote im Darmstädter Wald? Kannst Du mir was zu ihm sagen? Sein Name ist Quirin Huber. Vielleicht könntet Ihr ja seine Wohnung durchsuchen. Telefonisch haben wir dort niemanden erreicht bis jetzt. Habt Ihr noch andere, ähnliche Fälle in München? Du weißt ja, so wie in unserem Intranet berichtet? Ehrlich? Ja, dann erzähl mal!" Und dann erzählte ihm HK Ratemal, dass in den letzten Wochen noch zwei weitere Todesfälle in München und aus der Umgebung bei ihnen gemeldet worden waren. Einer davon war im Bett aufgefunden wurden, ohne Starrkrampf-Anschein, und einer im Garten auf dem Liegestuhl, ganz entspannt, alle zwei scheinbar Herzstillstand. Allerdings waren diese beiden Toten erst zwei oder drei Tage nach Todeseintritt gefunden worden. Alleinstehend, keine Angehörigen. Deshalb hatte man sie bis jetzt nicht weiter nach Gelnhausen gemeldet. Bei der Leiche im Bett war ein Fläschchen gefunden worden, auf dem Nachttisch. Der Tote im Liegestuhl hatte eines in seiner Hosentasche. Nur diese Tatsache hatte HK Ratemal auf die Idee gebracht, dass es bei diesen Toten nicht mit rechten Dingen zugegangen sein könnte.

HK Kalbfleisch seufzte. „Noch mehr Tote. Irgendwie darf das alles nicht wahr sein. Aber, wir müssen weitermachen, um endlich eine Spur des Täters zu finden. Vielleicht könnten Deine Kollegen nochmal rundherum nach Zeugen suchen, die in der Nähe der beiden Tatorte einen Verdächtigen gesehen haben. Jemanden, der kleine braune Fläschchen als Proben gratis verteilt hat. Außerdem schick mir doch bitte die gefundenen Fläschchen umgehend nach Gelnhausen, damit wir sie hier mit den gleichen Labormethoden untersuchen können. Den Autopsiebericht der beiden Leichen schick bitte auch. Vielleicht könntet Ihr auch das Intranet ergänzen mit einer Kurzfassung der ganzen Daten. Ja? Das wäre toll. Danke. Wenn wir etwas finden, stellen wir die Ergebnisse auch rein. Wir hoffen mal, dass wir den Täter bald erwischen. Bis dann. Tschüss!"

Die Autopsie in München hatte leider auch nichts ergeben. Bei dem Toten aus dem Wald war in seiner Anzugsjackentasche eine kleine braune, leider leere Flasche gefunden worden. Allerdings war der Mann wohl mindestens seit 48 Stunden tot, bevor er gefunden wurde. Aber auch diese Autopsie verlief ergebnislos. Die Flasche war leer und trocken, wie sich bei der Laboruntersuchung schnell herausstellte. Die Untersuchung der Fläschchen aus München blieb ebenfalls ergebnislos.

Zur Bestätigung der Forschungsergebnisse der Wissenschaftler des Forschungsinstituts Hamburg beschloss die SOKO, alle bis jetzt gefundenen braunen Fläschchen (15 Stück insg.) zum LKA-Labor zu geben, in Absprache mit HK Magenius, zwecks einer weiteren Überprüfung der bisherigen Analysen. An keiner der bis dato gefundenen braunen Fläschchen war eine DNA-Spur gefunden worden. Vielleicht gab es im LKA-Labor ja modernere Gerätschaften, um doch noch einen entsprechenden Nachweis zu finden.

Das SOKO-Team stellte sich die Frage, warum die Leute die Artikel in den letzten Zeitungen nicht gelesen hatten, die Berichte über diese Serienmorde im TV nicht bewusst anschauten. Warum die Personen trotz Warnung die braunen Fläschchen benutzt hatten.

Allerdings gab es einen kleinen Erfolg zu vermelden. Es hatte sich ein paar Tage nach dieser öffentlichen Berichterstattung in den Medien eine ältere Frau ganz aufgebracht bei einer Polizeidienststelle in Hannover gemeldet. Ganz aufgeregt erzählte sie dem diensthabenden Polizisten:

„Wissen Sie, Herr Wachtmeister, ich hatte bei einem Spaziergang vor einer Woche im Park bei uns um die Ecke, ja, da geh ich immer hin, es ist dort so schön, die vielen Blumen und Sträucher, ach so, also dort habe ich eine kleine Pause auf einer Bank gemacht. Ich war ja so stark verschnupft gewesen und habe kaum Luft bekommen. Die Sonne hat so richtig warm geschienen, die Vögelchen zwitscherten so süß. Wissen Sie, ich hab immer in meiner Handtasche ein bisschen was zum Füttern dabei. Ach so ja. Da hat sich doch so eine ältere Frau zu mir gesetzt und alle Vögel vertrieben. Ich war schon etwas ärgerlich. Ich kannte die Frau doch gar nicht. Die dachte wirklich, ich rede mit der, wo die doch meine kleinen Lieblinge verjagt hat. Ganz kurz angebunden war ich." Der Polizist nickte nur zustimmend und wartete auf etwas Wichtiges, was die Frau offensichtlich noch sagen wollte. „Und dann?"

„Also die wollte weiter erzählen, aber ich hab nichts gesagt. Da meinte sie nur, ob ich verschnupft sei." „Das sehen Sie doch!", hab ich zu ihr gesagt.

„Da holte sie aus ihrer hässlichen Handtasche, glauben sie mir, die war so was von rundherum abgestoßen und bestimmt aus dem letzten Jahrhundert, also da holte sie eine kleine braune Glasflasche heraus. Das wäre ein neues Mittel mit hundertprozentiger Erfolgsgarantie für verstopfte Nasen. Ich sollte es gleich mal ausprobieren, dann ginge es mir bestimmt besser. Ha, da könnte ja jeder kommen. Ich nehme nur das, was ich kenne. Ich hab mir das Ding angeguckt und dann wortlos in meine Handtasche gesteckt. Da fängt die Frau doch an, mich zu bedrängen, ich sollte es doch sofort benutzen, dann wäre meine Nase frei. Als ob ich auf so etwas reagieren würde. Ich hab sie nur kurz angeschaut. Als sie gemerkt hat, dass sie keinen Erfolg hat, ist die ältere Dame aufgestanden und eilig davon gegangen. Ich hätte das Mittel nie und nimmer benutzt. Schon aus Prinzip nicht. Könnte ja jeder kommen und irgendwelches Zeug verteilen. Zuerst wollte ich es wegwerfen, aber dann hab ich es doch in den Medizinschrank gestellt und dort vergessen. Ich hab's auch noch nicht geöffnet. Das sehen Sie ja. Ich hab es nämlich mitgebracht. Vielleicht sollten Sie es mal untersuchen, was da überhaupt drin ist. Bestimmt kein Nasenspray!"

Nach diesem Bericht stellte sie das besagte Fläschchen auf den Tresen vor den Polizisten. Es war ganz professionell mit einem Etikett versehen, wie die bisher gefundenen auch. Darauf stand in der Mitte „Warenprobe", darunter „Nasenspray", in der linken unteren Ecke ganz klein geschrieben der Hersteller, oben rechts eine Zahl, in diesem Fall „80", dann noch ein CE-Zeichen, Herstellungsnummer, Verfallsdatum. Mit Schrumpffolie verschlossen. Alles wie bei einer Medizinflasche, es sah total echt aus. Normalerweise würde dabei niemand Verdacht schöpfen.

Der diensthabende Kommissar nahm das Fläschchen schnell an sich. „Ich werde das jetzt ganz offiziell beschlagnahmen und nach Gelnhausen schicken, an die dortige Polizeidienststelle, an Herrn HK Kalbfleisch. Ich muss sagen, das haben Sie sehr gut gemacht. Wir werden jetzt noch kurz ein Protokoll aufnehmen. Dafür brauche ich Ihren Namen, die Adresse, Ihre Fingerabdrücke, nur für die Beweislage. Sie haben die Flasche ja angefasst. Außerdem machen wir noch ein Phantombild von der Frau, die Ihnen dieses Fläschchen gegeben hat. Vielleicht können wir damit ja den Täter finden."

„Gibt es eine Belohnung, wenn Sie den Täter mit diesem Phantombild fassen?"

Der Polizist lächelte, das liebe Geld. „Bis jetzt ist noch keine Belohnung ausgesetzt. Aber wir haben dann ja Ihre Adresse. Kommen Sie herein, wir gehen zu meinem Kollegen. Dem können Sie dann erzählen, wie die Dame aussah."

Als er wieder an seinem Schreibtisch saß, griff er zuerst zum Telefon und wählte die Nummer von Gelnhausen. HK Kalbfleisch war hoch erfreut, dass ein noch nicht benutztes Fläschchen aufgetaucht war und bat um Zusendung per Kurierdienst nach Gelnhausen an ihn höchstpersönlich, mit einer Kopie des Protokolls und vor allem des Phantombildes. Als das Paket in Gelnhausen eintraf, hatte man endlich ein komplettes Testobjekt. Es war mit einem Etikett versehen, wie alle bisher gefundene Fläschchen auch. Die Aufschrift hatte die Angaben „Warenprobe", „Nasenspray" und in einer Ecke ganz klein die Zahl „80". Das Phantombild wurde in das Intranet eingestellt, mit einer kurzen Personenbeschreibung.

Das Fläschchen mit der Zahl „80" auf dem Etikett, dessen Verschluss vollkommen unversehrt war, wurde von Emilio, Maria und der gesamten restlichen SOKO bei der kurzfristig einberufenen Team-Besprechung begutachtet. Ihnen lief eine Gänsehaut über den Rücken. Diese Zahl konnte eigentlich nur bedeuten, dass bereits 80 dieser Fläschchen verteilt worden waren. Gab es auch 80 Opfer? Das wäre eine unvorstellbare Zahl. Ein Serientäter ging durch Deutschland und meuchelte wahllos Menschen mit einem wirklich unheimlichen Giftcocktail. Und keiner hatte etwas davon geahnt. Wenn diese blöde Wette nicht gewesen wäre, hätten sie sich nie auf die Tätersuche gemacht! Wie viele noch?

Umgehend wurde das Fläschchen danach im Labor untersucht. Bei dieser Untersuchung unter speziellen Bedingungen konnte die Mixtur fast komplett entschlüsselt werden. Einige Spuren waren allerdings so schwach, dass noch einmal eine genauere Analyse notwendig wurde. Beim nächsten Fläschchen.

Dreiundneunzig

Kapitel 28 – Spätherbst

Dichte Nebelbänke wallten über den Bodensee. Die Temperatur war gesunken. Anfang November nichts Ungewöhnliches. Nur einige wenige Boote waren noch auf dem Wasser. Die Warnlichter der Hafeneinfahrten blinkten. Langsam fuhr das Schiff der Wasserschutzpolizei die restlichen Boote ab. Heute Morgen hatte es in Konstanz eine Vermisstenanzeige gegeben. Ein Fischer wurde seit gestern Abend vermisst, von der Ehefrau. Er wollte nur seine Netze einholen, kam dann aber nicht mehr nach Hause. Zwei der Boote hatten auf die Funknachrichten nicht reagiert. Jetzt versuchte es die Polizei mit direktem Kontakt bei diesen Booten, die stumm geblieben waren. Das eine Boot war schnell gefunden, es schaukelte ganz friedlich in seinem Heimathafen, ordentlich festgemacht. Aber wo war das zweite Boot?

Draußen auf dem See schaukelte ein Fischerboot hin und her, eingebunden in eine weiße Nebelwolke. Der See war spiegelglatt, keine Wellen. Es schien um sich selbst zu treiben. Die Ruderpinne wurde von einer Hand gehalten, der dazugehörige Körper war vornübergebeugt und bewegte sich nicht. Ein paar

Fische lagen auf dem Boden des Bootes, tot. Das Netz lag daneben. Ungewöhnlich.

„Der Nebel wird immer dichter, auf dem Radar ist ein Boot, das wir noch nicht kontaktet haben, vielleicht 200 m steuerbord. Es antwortet nicht auf Funk!" Sein Kollege holte die Flüstertüte raus. „Hallo, hier spricht die Wasserschutzpolizei, bitte melden Sie sich!" Sie warteten, während sie ihr Schiff langsam näher an das Fischerboot manövrierten. Plötzlich tauchte die kleine Jolle aus dem Nebel direkt vor ihnen auf. Sie drosselten die Geschwindigkeit und legten sich mit ihrem Schiff längsseits. Ein kurzer Blick in das Fischerboot sagte ihnen, dass hier jede Hilfe zu spät kam. Der Fischer saß zusammengekauert neben seinem Steuer, mit offenen Augen, eine Hand über der Reling, die andere Hand am Steuer, der Körper vornüber gebeugt. Einer der Polizisten sprang vorsichtig hinüber und fühlte bei dem Fischer den Puls. Er schüttelte den Kopf, als er wieder zu seinen Kollegen blickte. „Exitus!" Das Polizeiboot nahm die Fischerjolle ins Schlepptau und fuhr damit langsam und vorsichtig zurück nach Konstanz.

Der Polizeiarzt kam kurz nach dem Anlegen an Bord und untersuchte den Toten. „Er ist seit mehr als zehn Stunden tot. Ich würde sagen, plötzlicher Herztod, die Leichenstarre hat bereits voll eingesetzt. Genaueres kann ich erst nach der Autopsie sagen.

Morgen Vormittag schick ich den Bericht rüber."
Damit verabschiedete sich er Arzt.

Der Tote wurde kurz darauf abgeholt und in die
Gerichtsmedizin gebracht. Die Spurensicherung
nahm jeden Zentimeter des Fischerbootes unter die
Lupe. Gefunden wurde nichts.

In der Polizeidienststelle hing eine Mitteilung aus
Hessen am schwarzen Brett mit Informationen über
ähnliche Todesfälle in Deutschland. In Gelnhausen
hatte man eine kleine Sonderermittlungsstelle eingerichtet, um diese Todesfälle zu bündeln. In dieser
Mitteilung wies man ausdrücklich auf die bereits bei
einigen Toten gefundenen braunen Glasfläschchen
hin, die zwar höchstwahrscheinlich keinerlei Wirkstoffe mehr enthielten, aber ein Indiz sein könnten,
das auf Mord hinwies. Trotzdem sollte man die
Fläschchen unter Vakuum untersuchen. Man bat
außerdem um sofortige Information, sollten im Er-
mittlungsbereich weitere solche ungewöhnlichen
Todesfälle auftreten.

Kommissar Sander sah sich die Ermittlungsakte
des Fischers genau an. Dann erinnerte er sich an das
Seminar im späten Frühjahr letzten Jahres in Hannover und auch an zwei andere Fälle aus Meersburg im
Frühling und aus Uhldingen im Herbst letzten Jahres,
noch vor ihrer gemeinsamen Konferenz, die eventu-

ell auch mit diesen Toten etwas zu tun haben könnten. Dann war da natürlich noch die Information der Dienststelle Gelnhausen im Intranet, die er sehr genau verfolgt hatte.

„Frau Müntzerich, bitte bringen Sie mir doch mal die Akte Conradi und die Akte Kortner. Danke!" Der ermittelnde Beamte, Hauptkommissar Sander, hatte bereits den Telefonhörer aufgenommen und wählte die Telefonnummer seines Kollegen in Gelnhausen. Er wollte direkt mit ihm, Hauptkommissar Kalbfleisch, sprechen. Dann gab es vielleicht weitere Hinweise, die in der Zwischenzeit dort ermittelt wurden. Es klingelte zweimal, dann wurde aufgenommen.

„Telefon von Hauptkommissar Kalbfleisch, Kommissarin Bommerl am Apparat. Was kann ich für Sie tun?"

„Dienststelle Konstanz, Hauptkommissar Sander. Ich müsste dringend Ihren Kollegen, Hauptkommissar Kalbfleisch, sprechen. Wir haben hier einen weiteren Toten. Sie haben doch eine SOKO für diese Todesfälle, oder?"

„Warten Sie bitte, ich versuche den Kommissar zu finden. Einen Augenblick bitte." Damit landete Sander in einer Warteschleife, die aber kurz danach abgebrochen wurde.

„Kalbfleisch hier. Hallo Sander."

Sie hatten sich im letzten Jahr auf dem Seminar in Hannover kennengelernt. Damals hatte das mit einer seltsamen Wette und den Nachforschungen zu diesen merkwürdigen Toten begonnen. Es wurde ein langes Telefonat. Dabei ging es nicht nur um den aktuellen Toten, sondern auch um einen Fall im letzten Frühjahr in Meersburg, der eventuell mit diesen Ermittlungen in Zusammenhang stehen könnte. Es ging um den Fall Conradi. Außerdem auch um einen Fischer aus Uhldingen, der ein halbes Jahr später, im letzten Herbst tot in seinem Fischerboot aufgefunden worden war, total verkrampft.

Conradi war vor diesem Fall, schon im Februar letzten Jahres in seinem Haus in der Nähe von Meersburg tot aufgefunden worden. Die Leiche war total unnatürlich verkrampft, alle Glieder standen verquer vom Körper ab, das Gesicht verzerrt, ein fürchterlicher Anblick. Es dauerte damals mehr als zwei Tage, bevor sich der Starrkrampf gelöst hatte. Allerdings hatte die Gerichtsmedizin bei der Autopsie nichts feststellen können, letztendlich stand natürliche Todesursache — plötzlicher Herztod - im Totenschein. Ein komisches Gefühl war zurückgeblieben, aber selbst die penibelsten Laboruntersuchungen hatten nichts ergeben. Also, vielleicht gehörte ja auch dieser Tote zu der jetzt vorliegenden Serie. Und es wäre dann definitiv ein Serientäter, der hier schon länger unterwegs war, im gesamten Bundesgebiet. Als Sander mit seiner Schilderung fertig war, herrschte am Telefon sekundenlange Stille. Dann meinte Kalbfleisch: „Dieser Fall mit den vielen Toten geht weit über einen normalen Kriminalfall hinaus. Das LKA steht schon hinter uns, um uns unter die Arme zu greifen, wenn wir Hilfe brauchen. Gott sei Dank reißen die den Fall nicht komplett an sich, sondern überlassen uns die Hauptarbeit dabei. Immerhin haben wir ein Phantomfoto von einer Frau, die eines der Fläschchen weitergegeben hat. Wir scheinen damit dem Täter wohl näher zu kommen, egal ob Mann oder Frau. Näheres gibt es ja im Intranet. Wir bleiben in Kontakt. Danke für Deine Information." Damit legte Kalbfleisch auf.

Sander gab nach dem Gespräch mit Kalbfleisch die Daten des aktuellen Falles und der beiden anderen Fälle höchstpersönlich ins Intranet, zur Information der SOKO und der anderen Dienststellen. Leider war bei keinem der Toten irgendein braunes Glasfläschchen gefunden worden. Die entsprechenden Autopsie- und Laborergebnisse ließ er von seiner Mitarbeiterin einscannen und ebenfalls ins Intranet stellen und dann nochmals direkt per E-Mail an Kalbfleisch persönlich, mit ein paar Anmerkungen seinerseits, schicken.

Kapitel 29 – Ermittlungen

Kurz nach diesen Informationen bat OS Heinemann seine Sekretärin, umgehend eine sofortige Teambesprechung im Konferenzraum einzuberufen. Er wollte von den Mitarbeitern der SOKO auf den neuesten Stand gebracht werden. Der LKA-Mitarbeiter war zu einer persönlichen Besprechung mit HK Kalbfleisch aus Wiesbaden angereist und daher ebenfalls anwesend. Maria, Emilio, und Dr. Rotfuchs von der Spurensicherung saßen auch schon am Tisch, als der Rest der Truppe eintraf.

„Nun, meine Damen und Herren, haben Sie denn jetzt endlich eine Spur des Täters? Warum ist er immer noch nicht gefasst? Die Presse nervt. Für die Journalisten sind wir ein Haufen unfähiger Kriminalisten, die nichts auf die Beine kriegen. Also, wie weit sind Sie denn bis jetzt?" OS Heinemann war nervös, ungeduldig und kurz angebunden, also nicht gerade bester Laune.

Selbst der Mann vom LKA rollte mit den Augen, allerdings hinter dem Rücken von Heinemann. Franzi hatte inzwischen schon den großen Bildschirm an der Wand eingeschaltet und die aktuellen Daten aufgerufen.

„Bei den letzten Toten wurde wieder nichts gefunden, noch nicht mal eine Flasche. Auch in den letzten gefundenen Fläschchen waren die darin vorhandenen Materialspuren so minimal, die Wirkstoffe soweit schon verdunstet, dass wir trotz Vakuum nichts mehr feststellen konnten. Allerdings haben wir ein neues, noch nicht benutztes Fläschchen aus Hannover bekommen und auch ein Phantombild der Dame, die dieses Fläschchen weitergegeben hat. Die Rezeptur des Giftes ist dadurch komplett entschlüsselt. Und aufgrund des Bildes werden wir dem Täter bzw. der Täterin, wie es aussieht, bald näher kommen." HK Kalbfleisch lehnte sich zufrieden in seinem Stuhl zurück. Diesmal konnte ihn Heinemann nicht nerven.

Maria ergriff das Wort. „Wir haben inzwischen endlich eine Apotheke in Köln ausfindig gemacht, in der eine größere Menge dieser kleinen braunen Glasflaschen bestellt worden war für einen privaten Kunden. Laut Unterlagen waren es 250 Stück. Dieser hatte die Sendung selbst abgeholt. Allerdings meinte die Apothekerin, dass es kein Mann, sondern eine Frau gewesen war, und sie hätte in bar bezahlt. Mit Hilfe des Polizeizeichners wurde ein Phantombild erstellt, das vor ein paar Tagen nicht nur über Intranet, sondern auch bundesweit in den Medien verbreitet wurde. Es gleicht genau dem Bild, das nach Angaben dieser anderen Zeugin aus Hannover angefertigt worden war."

Heinemann stand auf: „OK, Sie sind also immer noch nicht viel wirklich weiter. Aber immerhin gibt es einen Hoffnungsschimmer. Halten Sie mich auf dem Laufenden. Ich habe zu tun." Damit stürmte er aus dem Zimmer.

Unter den Zurückgebliebenen begann eine lebhafte Diskussion über den Täter oder die Täterin. Nach langem Hin und Her kamen dann alle Beteiligten der Ermittlung zu dem Schluss, dass es sich um einen Serientäter oder eine Serientäterin handeln müsse, der bzw. die vielleicht beruflich kreuz und quer durch die Republik reiste und so die Möglichkeit hatte, die Opfer überall auszusuchen, planlos und zufällig. Er musste sich außerdem noch gut mit Giften auskennen und auch in der Lage sein, diesen ganz speziellen Gift-Mix herzustellen.

Ein Vertreter vielleicht? Wer kannte sich sonst noch mit medizinischen Produkten aus? Ein Pharmavertreter? Auch eine Frau könnte in diesem Beruf unterwegs sein.

„Ich bin dafür, dass wir weiter unter diesen Aspekten nach dem Täter suchen. Ich werde mal unsere LKA-Computer mit einschalten lassen. Vielleicht gibt es ja dort eine Spur." HK Magenius vom LKA hatte sich bis jetzt zurückgehalten. Er schaute kurz auf seine Armbanduhr. „Außerdem werde ich, wenn ich

morgen Vormittag wiederkomme, Herrn Oberstaatsanwalt Heinemann bitten, noch einmal eine Warnung über die Medien herauszugeben, mit dem
Hinweis, dass der Verteiler von Warenproben ein
Mann oder aber auch eine Frau sein könnte. Dabei
kann das letzte Phantombild noch einmal gezeigt
werden. Und wir können beim LKA ja die letzte Pro-
be noch einmal durch die Laborgeräte beim LKA
laufen lassen. Nur um sicher zu gehen."

Kalbfleisch nickte zustimmend und meinte, dass er
dann mit zu OS Heinemann käme, er hätte auch
noch etwas dazu zu vermerken. Magenius hatte
schon bemerkt, dass die beiden Herren nicht das
beste Einvernehmen hatten. Vielleicht könnte er da
ja etwas besänftigend wirken. Still schmunzelte er in
sich hinein. Damit war die Besprechung beendet.

Gemeinsam gingen Kalbfleisch und Magenius am
nächsten Vormittag zu OS Heinemann. Kalbfleisch
hatte auf dem Weg dorthin noch kurz einen Aktenordner aus seinem Büro geholt. Sie gingen an der
Sekretärin vorbei, die etwas überrascht aufschaute.
Nach einem kurzen Anklopfen warteten sie nicht auf
das „Herein", sondern öffneten sofort die Tür und
traten ein. OS Heinemann war zwar überrascht und
wollte schon zu einem Rüffel ansetzen, als er Magenius vom LKA erspähte. Er klappte den Mund wieder zu. „Nun, was gibt es denn noch so Dringendes?"

Magenius ergriff als erster das Wort und erklärte dem Oberstaatsanwalt die Dringlichkeit einer Pressekonferenz und Veröffentlichung einer weiteren Warnung in den Medien, mit einer Bitte um Information und Mithilfe seitens der Bevölkerung. Dann nickte er kurz Kalbfleisch zu. Dieser öffnete seinen Aktenordner und erklärte: „Wir haben inzwischen Fortschritte bei der Mixtur des tödlichen Giftes gemacht. Die genaue Zusammensetzung ist inzwischen vollständig festgestellt worden, dank meinem Kollegen am Tropeninstitut in Hamburg. Einige kleine Spurenelemente konnten nach der Untersuchung der vollen Flasche aus Hannover noch analysiert werden, sodass jetzt die vollständige exakte Rezeptur bekannt ist. Ein absolut tödlicher, sofort wirksamer Giftcocktail. Diese Information ist allerdings nur für Ihre Ohren bestimmt. Davon sollte absolut nichts an die Öffentlichkeit dringen. Noch nicht mal der kleinste Hinweis an die Medien. Am besten wäre es, wenn alles unter Verschluss beim Institut in Hamburg bliebe. Wir benötigen die Rezeptur hier nicht zur weiteren Ermittlung."

OS Heinemann überlegte kurz, dann meinte er: „Das mit den Medien erledige ich gleich morgen früh. Mit der Rezeptur gebe ich Ihnen Recht. Keine Information darüber an die Öffentlichkeit. Am besten sollte alles davon nach Abschluss des Falles wieder vernichtet werden, damit es keine Nachahmer geben kann, zu keiner Zeit. Hoffentlich finden Sie den Täter endlich, bevor noch ein neuer Toter auftaucht. Morgen um zehn Uhr sehen wir uns auf der Pressekonferenz. Und jetzt entschuldigen Sie mich, ich habe noch einen Termin am Gericht. Guten Tag, die Herren!"

Die groß aufgemachten Artikel in den Zeitschriften und die Meldungen in den TV-Sendern hatten viele Informationen seitens der Bevölkerung zur Folge. Allerdings war es mühsam, die nützlichen herauszufiltern, nachgehen musste die Polizei jedoch allen Hinweisen.

Ein paar Tage später stand ein neuer Bericht im Intranet, eingegeben von einer Polizeiwache in Frankfurt/Oder. Dort war am Tag vorher ein telefonischer Hinweis eingegangen von einer Bäckersfrau aus einem der Vororte. Sie hatte erzählt, dass das Phantombild einer alten Bekannten gleiche, die aber schon vor fast 20 Jahren verstorben sei. Sie hätte gleich hinter dem Ort dicht an der Grenze zu Polen in einem kleinen Dörfchen gewohnt mit ihrem Sohn. Sie hätte wirklich große Ähnlichkeit mit dem Phantombild. Sie hätte auch noch ein altes Foto von ihr, allerdings nicht sehr scharf. Der diensthabende Polizist hatte daraufhin die Frau gebeten, dieses Foto sofort an die Wache zu schicken zwecks Weitergabe. Als das Foto endlich eintraf, wurde es sofort mit dem

Anrufprotokoll ins Intranet gestellt, mit der Adresse und Telefonnummer dieser Bäckersfrau. Zum besseren Erkennen ging das Foto auch noch im Original nach Gelnhausen, per Kurier.

HK Kalbfleisch bat Franzi, dort anzurufen und die Bäckersfrau über ihre Bekannte vorsichtig auszufragen. Vor allem der Name und die Lebensumstände dieser Bekannten und ihres Sohnes wären für die Polizei von Interesse. Leider verlief diese Spur ins Leere, die Bäckersfrau konnte sich nur an den Vornamen erinnern, weitere Einzelheiten wusste sie nicht mehr.

Als der Täter die Bilder in den Zeitungen sah, wusste er sofort, dass es Zeit war aufzuhören. Man würde ihn über kurz oder lang identifizieren. Schließlich führte er ja auch ein öffentliches Leben. Seine Kunden, sein Chef, die Verkäuferin im Geschäft um die Ecke. Es gab zahllose Personen, denen sein Gesicht bekannt war. Aber hatte er das nicht gewollt? Die Schmach der Vergangenheit rächen? Bekannt werden? Berühmt werden? Anerkennung finden? Ja, genau das war ja der einzige Grund für seine Handlungen. Sein Foto ging in ganz Deutschland durch die Medien. Im angrenzenden Ausland bestimmt auch. Er hatte erreicht, was er wollte. Aber ins Gefängnis würde er nicht gehen. Sein Abgang war schon genau und minutiös festgelegt, die Planung dazu schon seit Monaten abgeschlossen.

Neunundneunzig

Kapitel 30 – Winteranfang

Ein eisiger Wind wehte um das Haus. Die Blätter der großen Linde wirbelten über den Bürgersteig, die Menschen eilten mit großen Schritten ihren Zielen entgegen. Dabei mussten sie sich gegen den Wind stemmen, mit hochgeschlagenem Kragen, die Hände in den Taschen. Jeder war froh, wenn er aus der Kälte in ein wohlig warmes Zimmer, eine gut geheizte Wohnung flüchten konnte. Dort ließ es sich aushalten. Es war jetzt Mitte November. Der Wetterbericht hatte einen milden Winteranfang vorausgesagt. Pustekuchen. Es war eiskalt und die Luft roch nach Schnee.

Er hatte kurz durchgelüftet und dann die Fenster wieder geschlossen. Stolz sah er sich sein Werk an. Das Labor war leergeräumt, die ganze Einrichtung hatte er überall in der Stadt verteilt in Abfalltonnen geworfen. In der letzten Nacht hatte er alles geschrubbt und gewienert. Die Wohnung blitzte und blinkte, alles war sauber und rein. Die Fenster, der Fliesenfußboden, die Küche, das Bad, alles hatte er geputzt. Jedes noch so kleine Stäubchen war beseitigt, hatte keine Überlebenschance gehabt. Das Bett war frisch bezogen, es duftete nach Flieder. Er liebte diesen Geruch. Er erinnerte ihn an seine Jugend.

Damals gab es auf dem Grundstück seines Elternhauses eine ganze Fliederhecke, weiß, lila und dunkelrot. Seine Mutter hatte immer einen frischen Strauß davon im Wohnzimmer auf dem Tisch stehen, solange der Flieder blühte. Seit 20 Jahren war sie nun schon tot. Zwei Tage hatte es gedauert, bis sie endlich sterben konnte. Sein Gesicht verzog sich, als er in die Vergangenheit abdriftete. Wieder hörte er ihre keifende Stimme. Kleider sollte er anziehen, ein Mädchen sollte er sein, auslachen lassen musste er sich von den anderen Kindern, keiner hatte ihn damals ernst genommen, seine Mutter hatte ihm keine Freiheiten gegönnt, ihm nicht geglaubt, dass er anders war. Aber jetzt, jetzt war er bekannt und gefürchtet, auch wenn sie seinen Namen noch nicht kannten. Aber bald, bald wäre sein Foto in der Zeitung, sein Name würde Berühmtheit erlangen. Bald!

Er musste noch mal raus, zur Post, ein Päckchen aufgeben. Draußen im Flur griff er nach dem Mantel, dann zögerte er. War es richtig? Kurz blitzten Zweifel auf, aber dann gab er sich einen Ruck. Er hatte seinen Entschluss gefasst und würde es nicht länger aufschieben.

Dick eingepackt in seinen Wollmantel, mit Schal und Pudelmütze, machte er sich auf den Weg. Es war nicht weit. Die Post lag auf direktem Weg zum nächsten Einkaufszentrum. Er nutzte den Rückweg für einen kurzen Abstecher zum Bäcker. Dort gab es das beste Brot von ganz Deutschland. Das hörte sich zwar etwas hochtrabend an, aber er hatte schon viele Ecken bereist und wusste, wovon er sprach. Außerdem war die Verkäuferin sehr nett und immer zu einem kleinen Plausch bereit. „Ein schönes Wochenende und alles Gute. Und guten Appetit." Das bezog sich auf die Laugenbrezel. Wenn die wüsste. Er nickte ihr zu und verließ den Laden. Zu Hause packte er die Zeitung aus, die er in der Bäckerei erstanden hatte, holte den Rest Butter aus dem Kühlschrank und trug sie zusammen mit der Laugenbrezel und dem letzten Bier, das er hatte, ins Wohnzimmer. Er schaltete den Fernseher ein, es war Nachrichtenzeit, und genoss die frische Brezel mit Butter und dem kühlen Bier, direkt aus der Flasche.

Nach den Nachrichten zappte er sich durch die Programme und blieb bei einer Reportage hängen – Kriminal-Report. Dort wurde von einer bundesweiten Ermittlung gesprochen. Plötzlicher Herztod – keine natürliche Todesursache – Starrkrampf – Leichenstarre über viele Stunden – Vergiftung – raffinierte Verabreichung – in Nasenspray - Gifte inzwischen analysiert, auch die Herkunft – deutschlandweit verbreitet. Besondere Vorsicht und Aufmerksamkeit erbeten – Informationen und Auskunft bei der Polizeidienststelle Gelnhausen. Telefonnummer und Sachbearbeiter folgten.

Es folgte noch ein Phantombild, doch er sah darin keinerlei Ähnlichkeit mit ihm. Mann oder Frau – das könnte wirklich beides sein. Aber eigentlich stocherten sie im Dunkeln, sie hatten keine Ahnung, wer der Täter wirklich war, wo sie suchen sollten, noch nicht. Die Polizei war zwar gut. Aber er war besser. Bald würden sie mehr wissen, alle miteinander. Aber er würde nicht weiter mitspielen. Niemand würde ihn jemals einsperren. Er hatte seinen Spaß gehabt. Berühmtheit erlangt. Jetzt war es vorbei.

Es war schon weit nach Mitternacht, als er endlich ins Schlafzimmer ging. Er legte sich ins Bett und löschte das Licht. Kurz danach war alles erledigt.

Er hatte die Dosis extra verdoppelt, damit es schnell ging. Aah – dieser Schmerz – das hatte er nicht geahnt – erst wurde es so dunkel – dann kam das Licht – alles so ….. - dann nichts mehr.

Einhundert

Kapitel 31 – Ermittlungen

Polizeistation Gelnhausen. Neugierig begutachtete Franziska Bommerl, inzwischen von allen „Franzi" genannt, das gerade von der Poststelle gelieferte Päckchen. Trotz ihrer schrillen Outfits hatte sie sich im Kommissariat sehr beliebt gemacht. Sie war immer freundlich, das Kaugummikauen hatte sie sich abgewöhnt, sie hatte bei einigen kniffligen Fällen zur Lösung mit beigetragen und sie konnte sich gut bei den Kundenkontakten und Gesprächen bzw. Verhören einbringen. Dazu kam, dass sie die Homepage für die SOKO eingerichtet hatte und auch die entsprechende Seiten im Intranet. Als endlich die SOKO genehmigt worden war, hatte sie manchmal Maria geholfen, jeden Tag die Seiten zu aktualisieren, was eine gewaltige Erleichterung der Ermittlungen bedeutete. Außerdem hatte die Qualität des Kaffees sich seit ihrem ersten Einsatz hier um einiges gebessert. Was heißen sollte, dass HK Kalbfleisch sie schätzte und bei seinem Vorgesetzten auch immer wieder lobend erwähnte.

Franzi schob das Päckchen rundherum und betrachtete es von allen Seiten, misstrauisch und neugierig. Es war superleicht, und wenn man es schüttelte, klapperte etwas darin. Es war an die SOKO

Gelnhausen, HK Kalbfleisch persönlich, adressiert. Sie griff zum Telefon. „Bommerl. Hier ist ein Päckchen für die SOKO abgeliefert worden, für Kalbfleisch persönlich. Vermutlich von der Post. Was? Ja, ich kann es Ihnen bringen. Wo sind Sie? Ja, mach ich. Bin gleich da." Sie griff das Päckchen und marschierte zwei Stockwerke tiefer. Hier unten, im Souterrain, gab es einen Konferenzraum für die gesamte Station und außerdem noch das große Archiv. Hier hatte sich die SOKO in einem kleineren Raum eingerichtet.

Im Moment tagten hier HK Kalbfleisch, Maria Gerstenkorn, Emilio Schlotterbeck, Dr. Schopps von der Gerichtsmedizin, Dr. Rotfuchs von der Spurensicherung, von allen liebevoll Foxi genannt, und Oberstaatsanwalt Heinemann. Magenius vom LKA war nicht dabei. Sie diskutierten über die verschiedenen Meldungen, die nach der Warnung über die Medien bei ihnen eingegangen waren. Danach müssten zusätzlich wohl noch mehr als 20 Tote unbemerkt durch irgendein Gift verstorben sein, ohne dass ein Mord festgestellt worden war. Sie wussten alle, dass das keine große Kunst war, denn nach kurzer Zeit waren die Symptome nicht mehr feststellbar. Aber die Anzahl hatte alle schockiert. Mit den von ihnen bis jetzt hier erfassten Toten kamen sie auf die schier unvorstellbare Zahl von 60 Toten, deutschlandweit. Ein Serientäter war unterwegs.

Franzi drückte die Tür mit dem Ellenbogen kraftvoll auf, sodass diese durch den Schwung mit lautem Knall nach hinten an die Wand knallte, und platzte mit dem Satz „Hier kommt die Post!" in eine rege Diskussion. Prompt verstummten alle und sahen sie mit erschrockenen, aber auch empörten Augen an, was wohl eher an dem lauten Knall der Tür als an Franzis forschem Auftritt lag. Maria und Emilio grinsten, Kalbfleisch und Heinemann guckten betont finster und Schopps und Dr. Rotfuchs versuchten, neutral auszusehen, obwohl sie offensichtlich ein Lachen mühsam unterdrückten.

OS Heinemann riss wütend die Initiative an sich. „Das ist das Paket? Zeigen Sie mal her. Ist es schon von der Spurensicherung untersucht worden? Fingerabdrücke? Inhalt geröntgt? Nein? Warum nicht? Wenn das eine Briefbombe ist, was dann? Dauert das immer so lange? Was ist drin?" Heinemann sprach so schnell, dass seine Aussprache schon etwas feucht wurde.

„Das Päckchen ist gerade erst vor einer Viertelstunde hier eingegangen und von der Poststelle sofort in unser Büro geliefert worden. Vorher wurde es kurz durchleuchtet, es ist keine Briefbombe, höchstwahrscheinlich. Das hätten Sie ja jetzt vielleicht als erster erfahren. Und was die weiteren Untersuchungen angeht – die Experten sitzen doch alle hier in diesem Zimmer." Franzi hatte keine Angst oder Respekt vor dem Oberstaatsanwalt. Der hatte das Päckchen sofort wieder auf den Tisch gelegt und war einige Schritte davon zurückgewichen. Dann sah er Franzi groß an, zuckte mit den Schultern und schob seine Brille auf der Nase zurück, beugte sich vor und schob das Päckchen vorsichtig mit einem Finger zu Rotfuchs hin. „Na, das ist ja dann wohl Ihre Aufgabe!" „Ja, dann wollen wir mal!", meinte dieser und zog sich Handschuhe über, die er immer in einer seiner Taschen hatte.

Sieben Köpfe beugten sich über das Päckchen, zu neugierig, um ja nichts zu verpassen, aber immer mit etwas angemessenem Abstand. „So geht das nicht, meine Damen und Herren, einmal brauche ich Platz, um überhaupt was sehen zu können. Das geht nicht, wenn Sie ihre Köpfe so dicht vor meiner Nase haben. Außerdem muss ich das im Labor machen. Aber Sie können alle gerne mitkommen." Damit ging der Chef der Spurensicherung, Dr. Norbert Rotfuchs, mit dem Päckchen in den Händen ein paar Türen weiter in seine „Werkstatt", wie er sein Labor liebevoll nannte. Der Rest der Mannschaft folgte im Gänsemarsch hinterher.

Zuallererst verteilte er an alle Handschuhe und einen Mundschutz, den er sich selbst auch umband. Danach teilte er die Plätze zu, nämlich vor seinem

Tisch mit viel Abstand zu dem Päckchen, er dahinter. Dann setzte er eine Schutzbrille auf und untersuchte das Paket auf Fingerabdrücke. Es waren jede Menge Abdrücke drauf, was nicht verwunderlich war. Die Zuordnung der Fingerabdrücke erledigte der Computer. Dann griff er zu einem Skalpell und schnitt vorsichtig die Klebestreifen auf, um das Paket zu öffnen. Zuoberst lag ein Briefumschlag, an die SOKO, HK Kalbfleisch persönlich, adressiert. Bevor er die doch zeitaufwendige Prozedur der Fingerabdrücke auch hier wiederholen konnte, verabschiedete sich Oberstaatsanwalt Heinemann, ihm ginge das alles zu langsam, meinte er, außerdem hätte er noch einen Termin und möchte die Ergebnisse der Untersuchungen schnellstmöglich auf seinem Tisch haben. Als er von außen die Tür hinter sich schloss, seufzte Maria erleichtert auf. Unter dem Briefumschlag kam ein schwarzer Taschenkalender hervor mit Einträgen. Er wurde zusammen mit dem Umschlag zur Seite gelegt. Darunter kam ein kleiner Plastikbehälter zum Vorschein, der ein braunes Glasfläschchen enthielt, mit Inhalt, voll, auf dem Etikett das bereits bekannte Wort „Warenprobe" und die Zahl „100". Mehr war nicht drin. Vor allem aber, glücklicherweise, keine Bombe.

Keiner sprach. Es dauerte eine Weile, bis Maria dann das Wort ergriff: „Dieses Päckchen kann nur eins bedeuten: Der Täter stellt sich. Er offenbart sich.

Das ist das gleiche Fläschchen, von denen wir schon einige bei den Toten gefunden haben. Die Zahl „100" kann ja wohl nur bedeuten, dass ..!" Sie wollte den Gedanken nicht aussprechen. „Kommt, untersuchen wir die beiden Unterlagen, die er mitgeschickt hat. Was steht in dem Brief, was in dem Kalender?" Sie war aufgeregt wie schon lange nicht mehr. Endlich standen sie kurz vor der Lösung, würden vielleicht die Beweggründe erfahren, ob sie richtig mit ihren Vermutungen gelegen hatten. Mit großen Augen sah sie Emilio an. Der meinte: „Lasst uns wieder rüber gehen mit den Unterlagen. Den Briefumschlag, den Karton und das Plastikfläschchen lassen wir dir hier, Foxi, dann kannst du sofort weitermachen mit deinen Untersuchungen. Wir lesen dann drüben mal gemeinsam, was hier drin steht und informieren dich dann." Kurz darauf war der Raum leer, die restliche Truppe auf dem Rückweg in den Konferenzraum, mit dem Brief und dem Kalender.

Dr. Rotfuchs war zwar auch neugierig auf den Brief und den Inhalt des Kalenders, aber die Untersuchung der Flasche war genauso wichtig. Obwohl sie ja inzwischen die komplette Rezeptur des Gift-Cocktails hatten. Er musste nur noch mal alles vergleichen, um die Identität des Täters zu bestätigen. Die Laboruntersuchungen liefen an, sein gesamtes Team war am Werk.

Maria hielt den Brief in ihren Händen. Schnell überflog sie den kurzen Text, bevor sie den drängenden Bitten ihrer Kollegen nachgab und den Brief laut vorlas. Die Worte blieben ihr manchmal im Hals stecken, doch als sie endlich fertig war, sahen sich alle sprachlos an. HK Kalbfleisch erholte sich am schnellsten von dem beklemmenden Bild, das sich da herausgeschält hatte und griff zum Telefonhörer. Bevor er etwas sagen und nach der Nummer fragen konnte, hielt ihm Zensi, sie war mal wieder die Schnellste, ihr Smartphone vor die Augen. Ah ja, die Verbindung, die er jetzt brauchte. Dienststelle Kassel-Süd. Er wählte. Es klingelte. „HK Kalbfleisch, Polizeipräsidium Hanau-Gelnhausen. Wir bitten um Amtshilfe. Bitte schicken Sie sofort einen Einsatzwagen nach Merschrode, in die Hochgasse 15, zu Markmann. Ja, Ingo Markmann. Wahrscheinlich müssen Sie die Tür gewaltsam öffnen." Dann schilderte er seinem Gesprächspartner genau, was sie dort vorfinden würden, dass nichts angefasst werden dürfe. Natürlich verwies er dann auch noch auf die E-Mail-Korrespondenz und Intranet-Eintragungen der vergangenen Monate an alle Dienststellen deutschlandweit zu diesem besonderen Fall. Danach fiel auf der Gegenseite endlich der Groschen. Kalbfleisch antwortete ihm: „Ja, Sie können gerne gleich nochmal zurückrufen, wenn Sie mir nicht glauben, und sich versichern, dass das hier wirklich ernst gemeint ist. Und es ist dringend. Es geht vielleicht um Leben und Tod. Bitte schicken Sie sofort einen Wagen an die genannte Adresse – schnellstens. Und nochmals, fassen Sie nichts an. Wir kommen so schnell es geht auch dorthin. Ich denke, wir brauchen mit Alarm eine gute Stunde. OK, bis dann."

HK Kalbfleisch legte auf und drückte eine andere Taste. „Ich brauche sofort einen schnellen Einsatzwagen für 4 Personen nach Kassel. OK, wir kommen runter." Dann rief er bei Foxi an: „Schnapp dir deinen Koffer und komm runter zur Garage. Wir fahren nach Kassel. Jetzt!" Dr. Rotfuchs konnte gerade noch ein OK in den Hörer sagen, dann hatte Kalbfleisch auch schon aufgelegt. Foxi gab die Gegenstände zur weiteren Untersuchung an seinen Assistenten, schnappte seinen Koffer und schon war er auf dem Weg nach draußen zu den anderen.

„Zensi, Sie bleiben hier und koordinieren diesen Einsatz. Sagen Sie Heinemann Bescheid, informieren Sie ihn über den Brief. Wir melden uns sofort, sobald wir vor Ort sind. Bis dann." Maria schnappte sich den Brief und den Kalender, schon waren alle draußen. Frau Dr. Schopps ging mit Franzi in deren Büro, sie wollte ihr beistehen, falls der Oberstaatsanwalt sich übergangen fühlte.

Maria setzte sich auf den Beifahrersitz, als sie sah, dass HK Kalbfleisch sich hinters Steuer klemmte. Sie kannte den rasanten Fahrstil ihres „Bubi", oft genug hatte sie darunter zu leiden gehabt in ihrer aktiven Zeit. Auf dem Beifahrersitz wurde ihr nicht so schnell schlecht wie hinten. Foxi und Emilio kletterten auf die Rückbank. Kaum waren die Türen geschlossen, schoss Kalbfleisch vom Hof. Die Blaulichter waren eingeschaltet, die Sirenen auch. In Windeseile waren sie auf der A66, keine halbe Stunde später in Eichenzell und auf der A7. Maria schielte auf den Tacho. Die Nadel stand fast am Anschlag, pendelte zwischen 200 und 220 km/h. Gott sei Dank, dachte sie, dass es jetzt um die Mittagszeit nicht so viel Verkehr gab. Dass das Wetter mitspielte und die Straßen trocken und nicht vereist waren. Sowie die anderen Autofahrer die Sirene hörten, räumten sie die Spur und machten Platz. Verzweifelt krampfte sie ihre Hände ineinander, ihr Gesicht war etwas bleich, aber sie sagte kein Wort. Emilio, der hinter ihr saß, wusste, wie es um sie stand und legte ihr verständnisvoll und beruhigend seine Hand auf die Schulter. Sie legte kurz ihren Kopf darauf, die Wärme tat gut, und seine Liebe auch.

Die Adresse war im Navi von der Bereitschaft schon eingegeben worden. Die Hochgasse lag in einem kleinen Dorf vor Kassel, in Kassel-Süd mussten sie von der Autobahn abfahren. Es dauerte wirklich nur 85 Minuten, und sie hielten vor der Hochgasse 15. Zwei Einsatzwagen standen auf der Straße. Drei Polizisten schickten die Schaulustigen weg. Mit einem lauten Seufzer stieg Maria aus. Ihre Knie zitterten. Heil angekommen. Nochmal gut gegangen. Emilio, Dr. Rotfuchs mit Koffer und HK Kalbfleisch waren schon an der Tür. Sie zeigten ihre Ausweise, unterhielten sich kurz mit den Kollegen und gingen ins Haus. Maria folgte ihnen etwas langsamer, noch etwas zitterig auf den Beinen, bleich im Gesicht und flau im Magen. Sie hörte, wie der ortsansässige Kollege mit Kalbfleisch sprach.

„Also, das muss man Ihnen lassen, Sie müssen geflogen sein, bei dem Wetter. Eigentlich hatten wir noch nicht mit Ihnen gerechnet. Wir haben alles so gelassen, wie wir es vorgefunden haben, keiner hat etwas angefasst. Es ist irgendwie gruselig und skurril. Aber sehen Sie selbst. Die Treppe nach oben, erste Tür links im Schlafzimmer!" Mit diesen Worten deutete der Kollege aus Kassel zur Treppe hinauf. Er folgte der Truppe, die direkt ins Schlafzimmer ging. Vor der Tür blieb er stehen. Auf dem Bett lag eine Person, vollständig bekleidet in einen grauen Anzug mit Krawatte, die Hände über dem Bauch gefaltet. Etwas Weißes schaute aus den Händen heraus. Es war ein Mann, kurze braune, mit grauen Strähnen versetzte Haare, eine schmale Nase, volle Lippen, vom Alter her geschätzt so Mitte Fünfzig. Maria sah sich um, es war überall penibel sauber, alles aufgeräumt. Es roch nach Flieder, künstlichem Aroma, und unterschwellig nach Chlor. Die Küche, das spartanisch eingerichtete Wohnzimmer, das Schlafzimmer. Nichts Überflüssiges, kein herumstehendes Geschirr, keine Blumen, kein Nippes, nichts. Kalt – so sah die Wohnung aus, kalt und unpersönlich. Die Möbel stammten scheinbar alle ausnahmslos aus den 70ern. Emilio und Rotfuchs machten sich an die Arbeit. Emilio hatte seine kleine Notausrüstung dabei und entnahm sofort einige Röhrchen Blut von dem Toten. Gleichzeitig hatte sich Rotfuchs seinen Fotoapparat geschnappt und machte rundherum Aufnahmen vom Toten und dem Zimmer. Dann die Todeszeit. Die Fingerabdrücke.

Maria und Kalbfleisch hatten sich derweil in die Küche zurückgezogen. Sie zogen beide neue Handschuhe über und durchsuchten die Küchenschränke. Nichts Außergewöhnliches. Hier gab es nur das Allernötigste, der Kühlschrank war leer, der Gefrierschrank abgetaut und leer, alle Papier- und Abfallkörbe waren ebenfalls leer und peinlichst sauber geschrubbt. Es roch intensiv nach Putz- und Bleichmittel. Hier würden sie nichts höchstwahrscheinlich weiter finden. Aber das festzustellen, würden sie der Spurensicherung überlassen. Es würde Stunden dauern, bis sie hier fertig waren. Vor allem, da sie sich auch draußen noch die Abfalltonnen vornehmen mussten, im näheren und weiteren Umfeld. Die Nachbarn befragen.

Maria hatte sich das Gesicht der Leiche nochmals genau angeschaut. Dieses Gesicht kam ihr bekannt vor, als sie länger überlegte, wusste sie auch warum. Es glich dem Phantombild, das nach den Angaben der Apothekerin von der Käuferin der kleinen Fläschchen erstellt worden war, und außerdem auch dem Bild, das nach den Angaben der Dame auf der Bank in Hannover angefertigt worden war. Beide hatten eine Frau beschrieben. Eine Verkleidung? Der Täter eine Frau? Auf dem Bett lag doch eindeutig ein Mann. Oder nicht? Und dann fiel ihr noch etwas ein: dieses 20 Jahre alte Foto aus der Akte, das eine Bäckersfrau eingeschickt hatte, ein Foto von einer alten Bekannten. Es hatte große Ähnlichkeit mit den Phantombildern und somit auch mit dem Toten. Ein Zufall? Vielleicht seine Mutter?

Als nach ein paar Stunden auch das letzte Staubkörnchen umgedreht worden war und alle Zimmer bis hinauf in den Dachboden und hinunter in die letzte Ecke des Kellers untersucht worden waren, außerdem der Garten, die Gartenhütte, die Garage, jeder Quadratzentimeter des Grundstückes, ohne irgendwelche brauchbaren Spuren, rückten die Spurensicherung und die Polizei ab. Die Leiche wurde in die Gerichtsmedizin zu Frau Dr. Schopps abtranspor-

tiert, was den zuständigen hiesigen Gerichtsmediziner aufatmen ließ, denn er gab die Verantwortung
für die Leiche gerne ab. Das Haus wurde versiegelt
und der ganze Tross machte sich auf den Rückweg
nach Gelnhausen.

Kapitel 33 – Ermittlungen

Das Telefon klingelte. Es war früh am nächsten Morgen. „Kalbfleisch am Apparat!" „Hallo Hans, trommele doch mal die ganze Mannschaft zusammen und kommt alle in die Gerichtsmedizin. Pronto! Gracie!" Aufgelegt. HK Kalbfleisch schüttelte den Kopf. Was war jetzt denn los? Auch ohne Namensmeldung hatte er natürlich seine Stimme erkannt, aber Emilio hatte ihm keine Chance gegeben, überhaupt einen Ton zu sagen. Na ja, die Aufregung der Entdeckung des Mörders klang wohl noch eine Zeitlang nach. Er griff wieder zum Hörer und rief alle Beteiligten an, die Spurensicherung, Maria, den Oberstaatsanwalt, mit der Maßgabe, sofort zur Gerichtsmedizin zu kommen.

Als er dort endlich eintraf, war er der letzte. Alle anderen standen schon schweigend im Halbkreis um die dort auf der Trage aufgebahrte und zugedeckte Leiche des Mörders Ingo Markmann. Rechts und links davon standen Frau Dr. Julia Schopps und Dr. Emilio Schlotterbeck. „Sind alle da? Dann wollen wir Euch mal etwas zeigen!" Die beiden sahen sich an, nickten mit dem Kopf, ergriffen zugleich die Zipfel des weißen Tuchs am oberen Rand und zogen es langsam von der Leiche weg. Hervor kam das Gesicht von Ingo Markmann, wie sie es vor kurzem gesehen hatten. Die beiden Pathologen zogen das Tuch weiter ab. Die Leiche war jetzt nackt. Kein Ton war zu hören. Alle schienen den Atem anzuhalten. Das war unglaublich. Vor ihnen lag – eine Frau. Anatomisch gesehen. Das Gesicht war das des Toten aus Kassel. Aber der Körper war der einer Frau. Eindeutig. „Also doch eine Frau!" Maria hatte als erste ihre Stimme wiedergefunden. Bei den anderen Anwesenden dauerte es noch ein paar Schrecksekunden länger, dann fingen alle gleichzeitig an zu reden. Durch die gefliesten Wände klang das Ganze mit Echo wie auf dem Hauptbahnhof. Frau Dr. Schopps hörte sich das kurz an, dann erhob sie ihre Stimme leicht und brachte alle wieder zum Schweigen mit der Bemerkung: „Dürften wir dann auch mal etwas sagen?"

Betreten sahen sich alle an und schwiegen plötzlich. Emilio begann:

„Danke. Wir haben noch nicht mit der Autopsie begonnen. Aber die Todesursache hielt der Tote, wie vermutet, in der Hand. Gift. Ein Fläschchen mit der Nummer 99. Eine erste Untersuchung hat ergeben, dass es sich hier wirklich um eine Frau handelt. Alle körperlichen Merkmale sind vorhanden, wenn auch minimiert. Allerdings scheint sie schon seit vielen Jahren, wenn nicht die meiste Zeit ihres Lebens als Mann unterwegs gewesen zu sein. Das Fläschchen aus ihrer Hand wurde bereits ins Labor gegeben zur Untersuchung. Unter den bekannten Bedingungen.

Die Autopsie machen wir jetzt noch im Anschluss. Wer Lust hat, kann ja hier bleiben und mitzusehen. Allerdings erwarten wir keine weiteren sensationellen neuen Befunde."

Damit griffen beide zeitgleich zu ihren Bestecken und wandten sich der Leiche zu. Innerhalb von Sekunden war der Raum leer, bis auf Maria. Emilio und Dr. Schopps grinsten sich an. Dann sah Emilio, dass Maria geblieben war. „Es wird wohl noch mehr als eine Stunde dauern. Du musst nicht auf mich warten. Aber sag mir Bescheid, wenn du alleine nach Hause fahren willst. Dann komm ich einfach mit dem Taxi nach." „Nein, ich bleib noch auf der Wache bei Bubi. Wir wollen die Unterlagen und den Terminkalender noch einmal genau durchgehen. Alles analysieren. Ich warte dort auf dich." Damit ging Maria hinaus.

Kurz darauf traf Maria im Büro von HK Kalbfleisch ein. Er saß zusammen mit seiner jungen Kollegin Franzi, dem Oberstaatsanwalt Heinemann und dem Kollegen Magenius vom LKA am Tisch, jeder hatte einen Becher heißen duftenden Kaffee vor sich stehen. „Da komme ich ja gerade richtig. Als hätte ich es geahnt. Ich habe vom Bäcker an der Ecke ein paar Stückchen mitgebracht." Damit stellte sie eine Tüte auf den Tisch.

Allen war die Erleichterung anzusehen, dass der Fall nun endlich geklärt war. Franzi sprang auf und holte Teller aus dem Regal und stellte sie dazu. „Bedient euch." Keiner sprach ein Wort. Alle hingen noch ihren Gedanken nach über diesen wirklich denkwürdigen Tag. Endlich erhob Kalbfleisch den Kopf. „Wir haben einen der schwierigsten Fälle, die jemals durch diese Polizeidienststelle liefen, abgeschlossen. Nur durch Zufall!"

„Ja", meinte Maria, „einen solch komplizierten Fall, und noch dazu der eines Serienmörders, hatte ich im Laufe meiner ganzen beruflichen Laufbahn nicht gehabt. Junge, Junge, das setzt mir ordentlich zu. Ich glaube, wenn wir das alles noch mal ganz sachlich rekapitulieren, können wir damit besser abschließen. Was meint Ihr? Gehen wir noch mal alle Ermittlungsergebnisse der Reihe nach durch. Franzi hat die Listen, die wir erstellt haben, im Computer, dann den Brief und das Notizbuch, das der Kerl uns geschickt hat, die Ergebnisse der Spurensicherung dürften inzwischen ja auch da sein. Vielleicht kann ja Foxi auch noch dazu kommen. Danach muss das Ergebnis noch ins Intranet eingegeben werden, damit alle Bescheid wissen!"

„Dr. Rotfuchs haben wir schon angerufen, er kommt gleich und bringt die Ergebnisse mit. Ich hol schon mal noch eine Tasse und einen Teller für ihn."

Franzi ging kurz nach draußen und kam gleich darauf wieder zurück, Dr. Rotfuchs im Schlepptau. „Und schon ist er da!"

Dr. Rotfuchs setzte sich erst mal gemütlich in dem noch freien Stuhl zurecht, griff nach einem der von Maria mitgebrachten Stückchen, legte es auf einen Teller, nahm eine Kuchengabel und steckte sich den ersten Bissen genüsslich in den Mund. Erst dann ging ihm auf, dass alle ihn gespannt anstarrten und scheinbar auf seinen Bericht warteten. Er grinste. „Tja, also, wie es aussieht, gab es im Haus von Markmann keinerlei verwertbare Spuren. Alles war sorgfältigst gereinigt und fast schon steril. Er hatte sich wirklich große Mühe gegeben. Nur seine eigenen Fingerabdrücke waren zu finden, die der letzten 24 Stunden. Sonst nichts. Absolut nichts. Den Inhalt der kleinen Flasche und die genaue Zusammensetzung des Giftes kennen wir ja schon dank der Mithilfe von Emilios Kumpel vom Tropeninstitut in Hamburg. Auch die uns zugeschickte Flasche mit der Zahl „100" darauf hat keine neuen Erkenntnisse gebracht, die Untersuchung zeigt das gleiche Ergebnis wie bei allen anderen vorhergehenden Flaschen. Da hat sich jetzt nichts mehr daran geändert. Selbst die Mülltonnen musste er mit einem Bleichmittel ausgewaschen haben. In der Nachbarschaft und im weiteren Umkreis waren alle Mülltonnen am Tag vorher geleert worden. Also keine Spuren vom Abfall zu finden. Der schriftliche Bericht folgt morgen, hat ja keine Eile mehr. Das war's dann wohl!"

Die Tür ging auf, Emilio und Frau Dr. Schopps traten ein. Sie setzten sich beide, dann meinte Frau Dr. Schopps: „Also, die Autopsie hat nichts Nennenswertes ergeben. Der Täter war vom Körper her eine Frau. Allerdings scheint er sich mit Medikamenten behandelt haben zu lassen, wie es aussieht, und das schon seit mehr als zehn oder sogar zwanzig Jahren. Ansonsten weist der Körper keinerlei spezifische Merkmale auf. Ein paar Narben auf dem Rücken sollte ich vielleicht erwähnen, die aber in seine Jugend oder auch Kindheit zurückreichen. Wenn ich es nicht besser wüsste, nämlich dass man so etwas heutzutage nicht mehr tut, würde ich sagen, er wurde irgendwann vor langer Zeit einmal ausgepeitscht. Aber das ist nur eine Vermutung."

Jeder im Raum hing einen Moment seinen eigenen Gedanken nach. Es war still. Franzi spielte auf ihrem Laptop herum und auf dem Großbildschirm an der Wand erschienen Bilder der gemachten Fotos der Leiche, des Briefes und der anderen Beweisstücke. Die Phantombilder waren neben den Porträtfotos zu sehen und alle konnten die Ähnlichkeit und teilweise Übereinstimmung der Gesichter erkennen. Es war ein und dieselbe Person. Das Bild von vor über 20 Jahren musste wohl von seiner Mutter stammen. Der Täter hatte sich mit Perücken und Frauenkleidern verkleidet. Allerdings waren diese Gegenstände weder in der Wohnung, noch in den Mülltonnen noch sonst wo gefunden worden. Er hatte alles verschwinden lassen, vielleicht verbrannt.

Maria nahm den Brief des Täters zur Hand. Immerhin hatten nicht alle den Inhalt gelesen. Sie schaute kurz auf, sah neugierige Augen und begann, den Brief laut vorzulesen:

„Sehr geehrte Damen und Herren,

mein Name ist Ingo Markmann. Mit großem Interesse habe ich die Mitteilungen in den Medien verfolgt, genauso wie Ihre Bemühungen, einen Täter zu fassen, von dem Sie nichts wissen. Sicherlich sind Sie inzwischen der Zusammensetzung des tödlichen Giftes auf der Spur. Vielleicht hätten Sie auch mich, den Täter, irgendwann einmal aufgespürt. Mit diesem Brief möchte ich Ihnen den entscheidenden Hinweis geben und Ihnen die weiteren Mühen ersparen. Dem beiliegenden Kalender können Sie Informationen entnehmen, die Ihnen sagen werden, dass es mir ernst ist. Außerdem erhalten Sie von mir nachstehend auch noch einige Details, die in

keiner Akte stehen. Alle anderen Daten sind
nachprüfbar.

Ich wurde vor über 50 Jahren (das genaue
Datum können Sie meinem Pass entnehmen)
in einem kleinen Dörfchen (den Namen habe
ich aus meinem Gedächtnis getilgt) an der
polnischen Grenze als Dora Markmann gebo-
ren. Schon früh als Kind spürte ich, dass ich
im falschen Körper gefangen war. Doch mei-
ne Mutter wollte das nicht akzeptieren. Sie
zwang mich, Kleider anzuziehen, die Haare
lang wachsen zu lassen, mit Puppen zu spie-
len. Sollte ich nicht gehorchen, griff sie auch
schon mal zur Peitsche. In der Schule wurde
ich gehänselt, weil ich mir selbst die Haare
kurz geschnitten habe und in Hosen herum-
lief, die ich mir unterwegs auf dem Schulweg
anzog und auch wieder auszog, bevor ich
nach Hause kam. Trotzdem fand meine Mut-
ter es heraus. Sobald ich dazu in der Lage
war, verließ ich mein Elternhaus (meinen Va-
ter kenne ich nicht). Dabei schwor ich mir,
mich später einmal für all die Demütigungen
zu rächen. Sie können mir glauben, das ist
mir inzwischen auch gelungen.

Nachdem ich den Schulabschluss nachgeholt
hatte, machte ich eine Lehre in einer Apothe-

ke in einem größeren Ort im Münsterland, danach war ich in mehreren verschiedenen Jobs tätig. Mit 25 Jahren begab ich mich auf eine große Reise, die mich fast rund um den Globus führte. Am Amazonas blieb ich fast ein ganzes Jahr und begleitete eine Expedition in den Urwald. Zurück in Deutschland, fand ich eine Anstellung als Pharmareferent bei der Firma ‚Pillendreher GmbH', die ich bis zum Schluss innehatte. Meine Arbeit hat mich durch ganz Deutschland und das angrenzende Ausland geführt, wobei ich mein Werk erfolgreich ausführen konnte.

Um Nachahmungen zu vermeiden, habe ich die genaue Rezeptur des Giftes vernichtet. Ebenso jeden Beweis dafür. Glauben Sie mir, es wird keine weitere Tote geben. Wenn Sie diesen Brief in Händen halten, ist mein Weg bereits beendet und meine Arbeit getan.

Es war mir eine Ehre!

Ingo Markmann"

Maria legte den Brief auf dem Tisch ab. Es herrschte einige Sekunden lang ein bedrückendes Schweigen. „Ist das jetzt unser Täter oder ein Trittbrettfahrer? Auf jeden Fall ist das ein Zyniker! Es war ihm eine Ehre! Ha, der war nicht ganz richtig im Kopf!" Maria war sichtlich empört über so viel Kaltschnäuzigkeit.

Dann ergriff HK Kalbfleisch das Wort: „Ich geh mal davon aus, dass er unser Täter ist. Aber dieser Ingo Markmann hat es sich wirklich sehr leicht gemacht. Er hat sich einfach der Verantwortung für seine Taten durch einen feigen Selbstmord entzogen. Aber durch seinen Brief kennen wir nun zumindest die Motivation für seine Taten. Obwohl mir nicht so ganz in den Sinn kommen mag, warum er scheinbar sinnlos irgendwelche Leute ausgesucht hat, um sie umzubringen. Ohne Verbindung zu ihm. Oder sehe ich das falsch? Gab es vielleicht eine Verbindung? Auf jeden Fall müssen wir das noch überprüfen. Maria, was steht denn in dem Kalender, der dem Brief beigefügt war?"

„Also, ich habe gestern Abend noch den Kalender durchgesehen. Es ist gruselig. Der Täter hat in diesem Kalender akribisch alle Fläschchen der Reihe nach, also von 1 – 100, aufgeführt, dahinter mit Datum und Ortsangabe, wann und wo er diese verteilt hat, teilweise mit einer Personenbeschreibung, an wen er es weitergegeben hat, ob jung oder alt, Mann oder Frau. Manchmal hat er die Person verfolgt und ihr beim Sterben zugesehen. Soweit es ihm möglich war, hat er das benutzte Fläschchen wieder mitgenommen. Manchmal auch durch ein leeres, identisch aussehendes Fläschchen ersetzt. Er musste also zwei Sätze dieser Fläschchen gehabt haben, einen Satz mit Inhalt und einen ohne. Beide identisch etikettiert.

Bevor ich hierher kam, habe ich die Firma ausfindig gemacht, bei der er angestellt war und dort mit dem Chef gesprochen. Der war total entsetzt. Es ist nur eine sehr kleine Firma, er war der einzige Außendienstmitarbeiter. Aber wir erhalten seine gesamten Unterlagen ausgehändigt. Ich habe die Kollegen vor Ort schon hingeschickt. Ich glaube zwar nicht, dass diese Unterlagen irgendwie ergiebig sein könnten. Aber das wird sich finden, wenn wir sie durchgesehen haben."

HK Kalbfleisch warf ein: „Wir müssen die gesamten Daten dieses Kalenders trotzdem nachprüfen. Als Erstes sollten alle diejenigen bis jetzt noch nicht betroffenen Dienststellen der Verteilerorte der Fläschchen angerufen und umgehend um Mithilfe bei der Ermittlung der Opfer gebeten werden. Das bedeutet, dass von diesen Dienststellen alle ortsansässigen Ärzte und Bestattungsunternehmen kontaktiert werden müssten, um die eventuellen Opfer zu finden. Das sollte doch möglich sein, immerhin haben wir eine Beschreibung der Personen. Wir können nur hoffen, dass nicht alle Fläschchen auch benutzt wurden."

„OK, wir werden das morgen auf direkten Wege machen, also persönlich am Telefon. Franzi kann mir vorher bestimmt dabei helfen, unsere eigene Liste mit der des Täters noch einmal abzugleichen. Das wird etwas Zeit in Anspruch nehmen, aber jetzt haben wir es ja nicht mehr ganz so eilig. Hoffen wir, dass es stimmt und es nicht noch mehr Tote geben wird. Machen wir uns an die Arbeit." Dabei blickte Maria zu Franzi hin, die zustimmend nickte, aufstand und nach dem Kalender und ihrer Liste griff.

OS Heinemann ergänzte: „Übermorgen wird es eine Pressekonferenz geben. Bis dahin sollten alle mit den Nachforschungen soweit abschließen können. Das war es dann wohl erst mal für heute. Danke, meine Damen, meine Herren! Gratulation!" Damit erhob er sich und ging hinaus.

Am nächsten Tag nach dem Frühstück fuhr Maria zur Dienststelle und setzte sich mit Franzi zusammen ans Telefon. Sie riefen alle Polizeidienststellen, die in dem Kalender als Verteilerorte angegeben waren und noch nicht in ihrer eigenen Liste standen, an und baten dort um Unterstützung. Sie gaben die Daten und Beschreibungen der Opfer durch, wie sie im Kalender von Markmann standen. Die Beamten vor

Ort sollten die dortigen Hausärzte und Bestatter kontaktieren, um diese eventuellen Opfer zu finden. Maria und Franzi konnten sich hier auf die Orte beschränken, die nicht in ihrer eigenen Liste mit den bereits aufgefundenen und identifizierten Toten standen.

Es dauerte einige Stunden, bis die Ergebnisse vorlagen. Aber sie waren erfolgreich und hatten bereits einige sehr interessante und auch passende Informationseingänge im Intranet.

Damit ergänzten Maria und Franzi ihre eigene Liste. Dabei äußerte sich Franzi manchmal ziemlich drastisch: „Krass, schau mal, Maria, hier wurde einer im Beichtstuhl gefunden. Der arme Pfarrer. Und hier auf dem Friedhof, na, der hatte dann ja nicht mehr weit!" Die restlichen beweisbaren Toten waren weniger spektakulär gefunden worden.

Damit war die Liste abgeglichen und ergänzt. Insgesamt hatten sie nachweislich 79 Tote, die in dieser Starrkrampf-Haltung aufgefunden worden waren. Die restlichen Fläschchen waren entweder nicht benutzt worden oder die Toten waren nicht aufgefallen. Dazu sollte unbedingt nochmal eine Warnung zur Veröffentlichung während der Pressekonferenz ausgesprochen werden, dass diese kleinen unscheinbaren restlichen Fläschchen ein absolut tödliches Gift enthielten und sofern jemand irgendwo ein solches Fläschchen finden sollte, dieses unbedingt bei der nächsten Polizeiwache abgegeben werden muss zur Vernichtung.

Alle vorliegenden Untersuchungsergebnisse zu diesem perfiden Serienmordfall waren damit nun über das Intranet an alle beteiligten und auch unbeteiligten Polizei-Dienststellen in ganz Deutschland gegangen.

Danach versuchten sie, irgendwelche Verbindungen des Täters zu den Opfern zu finden. Diese Suche stellte sich aber als Fehlschlag heraus. Es gab keine Verbindungen. Es würde also im Dunkeln bleiben, nach welchen Gesichtspunkten der Täter die einzelnen Opfer ausgewählt hatte.

OS Heinemann rief abends vor Feierabend noch kurz bei HK Kalbfleisch an: „Ich habe für morgen früh um zehn Uhr die Pressekonferenz einberufen. Ich möchte, dass Sie und auch Magenius vom LKA dabei anwesend sind. Sie werden die Ermittlungen und die Aufklärung entsprechend kommentieren. Wir treffen uns eine Viertelstunde vorher bei mir. Danke!"

Kalbfleisch lag der Hörer schwer in der Hand. Dieser Fall hatte allen sehr zugesetzt. Er fühlte sich total ausgelaugt, und er nahm an, dass es den anderen nicht besser ging. Gerade hatte er das Telefon aufgelegt, da klingelte es schon wieder. „Hallo Bubi, hier ist Maria. Wie wäre es, wenn wir uns, nachdem der Fall jetzt endgültig abgeschlossen ist, am Wochenende auf ein Glas Wein treffen? Was Leckeres essen? Hier bei uns am kuschelig warmen Kamin? Sagen wir am Samstagabend um sechs Uhr? Bring alle mit, OK? Was ist los? Stimmt was nicht? Du hast gerade so bedrückt geklungen!"

„Na ja, Heinemann hat mir soeben mitgeteilt, dass er für morgen früh eine Pressekonferenz einberufen hat, um zehn Uhr. Ich weiß zwar, dass das jetzt notwendig ist. Aber deshalb muss ich mir noch einmal kurz Notizen dazu machen, um ja nichts zu vergessen. Dabei wollte ich eigentlich nur noch nach Hause und abschalten. Aber erst mal danke für die Einladung, ich glaube, ich kann im Namen von allen sprechen, wir kommen gerne. Ich gebe es weiter. Bis dann!"

Maria suchte Emilio, fand ihn in der Küche am Herd. „Morgen früh ist die von Heinemann angedrohte Pressekonferenz. Gehen wir hin?"

„Klar, das will ich nicht versäumen. Und wie stehen sie zu deiner Einladung? Kommen alle?"

„Ich glaube schon. Was brutzelst du denn da Schönes? Das riecht super lecker. Ich glaube, ich habe Hunger. Ich deck schon mal den Tisch. Wie wäre es mit Wein? Außerdem müssen wir noch die Einkaufsliste für Samstagabend machen. Da könnten wir morgen auf dem Rückweg vom Amt das Meiste schon mal einkaufen."

Kapitel 34 - Schlussbericht

Der Raum war voll besetzt. Maria und Emilio schoben sich durch die Tür und setzten sich ganz hinten an die Wand, wo noch ein paar Plätze frei waren. Natürlich gab es einige Journalisten, die sie wiedererkannten und ihnen lächelnd die Hand schüttelten. Aber auch wenn sie sich Informationen vorab erhofften, so wussten doch alle, dass sowohl Maria als auch Emilio stumm wie eine Auster sein konnten, wenn es um Interna ging. Sie würden auch nie vor einer Pressekonferenz etwas preisgeben.

Nach zwei Stunden war alles erklärt und gesagt. Immerhin gab es ja viele Details, die den Journalisten bereits auf den vorangegangenen Pressekonferenzen bekanntgegeben worden waren. Es war hier nur um die endgültige Lösung des Falles gegangen. Völlig emotionslos las HK Kalbfleisch seine Notizen den neugierigen Journalisten vor. Hin und wieder warf OS Heinemann einige Erklärungen ein. Magenius vom LKA saß mit unbeweglichem Gesicht stumm in der Reihe neben Heinemann, sagte aber nichts zu dem Fall. Das hatte er vorher schon so mit ihm abgesprochen, hier sollte einzig die SOKO die Lorbeeren ernten. Maria und Emilio hatten darum gebeten, nicht erwähnt zu werden.

So erfuhren die Journalisten, dass die SOKO schon ziemlich nahe am Täter mit ihren Überlegungen und Nachforschungen gewesen waren. Aber es hätte trotzdem noch etwas länger gedauert, bis sie den Täter endlich ermittelt und gefasst hätten. Dazu hätte man noch mehr Hinweise aus der Bevölkerung gebraucht.

Nirgendwo an den Tatorten und den Leichen war eine fremde DNA festgestellt worden, auch nicht an den kleinen braunen Glasfläschchen. Ohne das Geständnis des Täters wäre dem Mörder so schnell nichts nachzuweisen gewesen. Bis zuletzt hatte die SOKO nur eine vage Ahnung von seiner Person gehabt. Aber nach der Beschreibung des Apothekers hatten sie nach einer Frau gesucht. Da diese Frau aber schon seit Jahrzehnten als Mann auftrat, und sich nur hin und wieder als Frau verkleidete, wäre die Suche höchstwahrscheinlich ins Leere gelaufen.

Also war Ingo Markmann wirklich der Täter. Er hatte seit über einem Jahr gemordet, fast 18 Monate lang. Wenn man die Anzahl „100" der Fläschchen zugrunde legte, wären das also fast 6 Tote pro Monat, über ganz Deutschland verteilt, ihn selbst nicht mitgerechnet. Keiner Polizeistation in Deutschland wäre das aufgefallen. Was Kalbfleisch allerdings nicht erwähnte, war, dass die Ermittlungen ja erst gestartet waren, als sie auf diesem Seminar damals gewettet hatten. Hätte er damals nicht dieses komische Bauchgefühl gehabt, wäre vielleicht nie nachgeforscht worden. Tolle Wette!

Ingo Markmann war ein Einzel-Täter, geboren als Frau, schon in jungen Jahren weitergelebt als Mann. Es wäre vielleicht das perfekte Verbrechen gewesen, hätte er sich nicht selbst feige aus dem Staub gemacht und umgebracht oder aber hätte er rechtzeitig vorher aufgehört.

Als die Menge nach draußen strömte, gesellten sich Maria und Emilio kurz nach vorne zu Hans Kalbfleisch, der sich gerade mit HK Magenius vom LKA unterhielt. „Wir sehen uns dann am Samstagabend. Sie sind auch herzlich eingeladen, Herr Magenius. Bei uns zu Hause, gegen 18 Uhr. Wir werden schon mal den Kamin anheizen. Leider ist es zu kalt, um draußen auf unserer Dachterrasse zu grillen. Aber uns wird schon was einfallen. Dabei können wir diesen Fall auch mental endgültig abschließen."

„Ja, ich komme gerne. Vielen Dank für die Einladung."

Am nächsten Tag ging das Echo dieser Pressekonferenz durch alle regionalen und überregionalen Zeitungen. Auch in den TV-Nachrichten wurde diesem Fall eine Extra-Sendung gewidmet. Diese Serienmorde waren das Thema des Tages.

Am Samstagabend kamen Hans Kalbfleisch mit Franzi als Letzte bei Maria und Emilio an. Kalbfleisch hielt einen großen bunten Blumenstrauß in der Hand, Franzi eine Flasche Rotwein. Er drückte die Blumen Maria in die Hand mit der Bemerkung: „Ich möchte im Namen der ganzen SOKO meinen Dank ausdrücken. Es war uns eine große Hilfe, was Ihr beiden geleistet habt. Ich würde zwar sagen, dass Ihr das auf jeden Fall wieder machen könnt, aber bitte nicht mehr bei einem Serienmord. Das halten meine Nerven nicht aus."

Maria lachte, sah auf die Blumen und umarmte dann spontan Hans Kalbfleisch und auch Franzi. Es wurde ein schöner Abend, der Himmel war sternenklar, in der Luft lag ein Hauch von Schnee. Als dann später in der Nacht alle nach Hause gingen, hatten sie das Thema Giftmord nach allen Seiten und Facetten durchgekaut und endgültig abgeschlossen.

Trotz weiterer Beobachtung wurden in den folgenden Monaten keine weiteren ungewöhnlichen Todesfälle mehr festgestellt. Die noch nicht gefundenen Fläschchen waren nicht mehr aufgetaucht, keiner hatte sie trotz aller Warnungen benutzt. Es war vorbei.

Ende

Danksagung:

Danke an alle, die mit Ideen und Anregungen an diesem Buch mitgeholfen haben, allen voran meinem Mann, der die ersten Entwürfe kommentiert und berichtigt hat, der die Druckversion am Computer vorbereitet hat, der auch u.a. nautische Tipps gegeben hat. Danke meiner guten Freundin Angelika, die als Lektorin tätig war und auf Übereinstimmung der Daten und Details geachtet hat und die Spuren der kleinen Druckfehlerteufel verfolgte. Danke auch alle anderen Ungenannten, die mit vielen Tipps und Ideen zum Buch beigetragen haben.